리어 왕

King Lear

세계문학전집 127

리어 왕

King Lear

윌리엄 셰익스피어

최종철 옮김

민음사

일러두기

1 번역에 사용한 저본 및 참고본은 작품 해설에 밝혀 두었다.

2 고유명사의 표기는 국립 국어원의 외래어표기법을 따르는 것을 원칙으로 하였다. 다만 이미 굳어져 널리 쓰이고 있는 표기 등은 예외를 두었다.

3 원문에서 의도적으로 어법에 맞지 않게 쓴 표현은 그대로 살려 번역하거나 일부 방언을 사용하였고 각주로 표시하였다.

4 독자의 편의를 위해 대사의 행수를 5행 단위로 표기하였으며, 이는 원문의 길이와 전체적으로는 거의 같지만 완벽하게 일치하지는 않는다.

한 행이 계단식 배열로 표시된 것은 1) 한 인물이 같은 행을 나누어 말하거나 2) 둘 이상의 인물이 같은 행을 나누어 말하는 경우이다.

5 막의 구분 없이 장면의 연속으로만 진행되었던 셰익스피어 당시의 공연 관행을 반영하기 위하여 막과 장의 숫자만 명기하고 장소는 각주에서 설명하였다.

차례

등장인물

리어 브리튼 왕

고너릴 그의 맏딸

리건 둘째 딸

코델리아 막내딸

올버니 공작 고너릴의 남편

콘월 공작 리건의 남편

프랑스 왕

버건디 공작

글로스터 백작

에드거 글로스터의 손위 아들

에드먼드 글로스터의 손아래 서자

켄트 백작

바보 리어의 수행원

오즈월드 고너릴의 집사장

커런 글로스터의 종자

노인 글로스터의 소작인

전령, 대장, 장교, 기사, 신사, 시종, 하인 및 사자들

장소 브리튼

1막 1장

켄트, 글로스터, 에드먼드 등장.

켄트 전 국왕께서 콘월 공작보다는 올버니 공작을 더 총애하신다고 생각했는데요.

글로스터 우리에겐 항상 그렇게 보이셨지요. 하지만 이제 왕국을 나눔에 있어서는 어느 공작을 더 높이 평가하시는지 모르겠소이다. 두 몫이 5 너무나 꼭 같아서 아무리 따져 봐도 어느 쪽도 상대방의 몫을 선택할 순 없으니까요.

켄트 이 사람은 백작의 아드님 아닙니까?

글로스터 걔 양육비는 내가 부담했지요. 근데 놈을 인정할 때마다 얼굴을 붉히다 보니 난 이제 철 10 면피가 다 되었습니다그려.

켄트 무슨 말씀이신지?

글로스터 걔 어미와 정을 통했단 말씀이지요. 그래서 그 여잔 배가 불렀고, 글쎄, 침대 속에서 남편을 맞이하기도 전에 요람 속에 아들 하나를 15 갖게 되었지 뭡니까. 잘못된 낌새를 채겠소?

켄트 그런 잘못이 없었기를 바라진 않겠습니다, 저렇게 멋진 결실을 보았으니.

글로스터 하지만 내겐 합법적이고 재보다 한두 살 많

1막 1장 장소 리어 왕궁.

은 아들이, 그렇다고 걔를 더 귀여워하진 않 20
지만 하나 더 있답니다. 이 녀석은 부르기도
전에 좀 건방지게 이 세상에 나오긴 했지만
그 어미가 고왔고, 또 녀석을 만들 때 재미도
많이 보았으니 이 잡놈을 인정해야겠지요.
에드먼드, 고결하신 이 어른을 아느냐? 25

에드먼드 아뇨, 백작님.

글로스터 켄트 백작이시다. 지금부터 내가 존경하는
친구분으로 기억해 두어라.

에드먼드 백작님께 봉사하겠습니다.

켄트 자네를 아껴 주고 더 잘 알게 되길 바라네. 30

에드먼드 눈에 들도록 하겠습니다.

글로스터 얘는 구 년 동안 나가 있었는데 또다시 내보
낼 겁니다. 국왕께서 오십니다.

트럼펫 소리. 작은 관을 든 사람에 이어 리어, 콘월,
올버니, 고너릴, 리건, 코델리아 및 시종들 등장.

리어 글로스터, 프랑스와 버건디, 두 분을 모셔라.

글로스터 예, 전하. (퇴장) 35

리어 짐은 그동안에 숨은 뜻을 밝히려 하노라.

32~33행 또다시…겁니다 아마도 글로스터의 운명은 이 말 때문에 결정되는 것
인지도 모른다. (아든)

그 지도를 가져오라. 짐은 이 왕국을
셋으로 나누었고, 노년의 걱정거리
힘 좋은 어깨 위로 홀홀 털어 넘겨주고
가벼운 마음으로 죽음 향해 천천히   40
기어갈 결심을 굳혔노라. 짐의 사위 콘월과
못지않게 사랑하는 사위인 올버니여,
짐은 이제 앞날의 분쟁을 막기 위해
딸들의 지참금 각각을 지금 공표하기로
마음을 정했노라. 오랫동안 이 궁정에   45
구애하며 체류했던 막내딸의 두 연적,
프랑스와 버건디의 뛰어난 두 군주도
답을 듣게 될 것이오. 말해 봐라, 딸들아 —
짐은 이제 통치권과 영토의 소유권 및
국사의 근심을 떨치려 하니까. —   50
누가 짐을 이를테면 가장 사랑하는지,
그래서 효성과 자격 갖춰 요구하는 딸에게
최고상을 내릴 수 있도록. — 짐의 맏딸,
고너릴이 먼저 하라.

37행 지도 글로스터나 켄트가 처음부터 이 지도를 가지고 들어와서 왕국의
분할에 대해 얘기하도록 연출할 수도 있다. (뉴케임브리지)
47행 프랑스…군주 이 극을 썼을 때 셰익스피어는 프랑스가 통일된 왕국이 아
니기 때문에 버건디 공작은 프랑스 왕과 같은 지위를 누린다고 가정한다. 두
사람을 코델리아의 연적으로 만든 것은 셰익스피어가 꾸며 낸 이야기이다.
(뉴케임브리지)

| 고너릴 | 전 전하를 말로 표현 못 할 만큼 사랑하고 | 55 |

고너릴 전 전하를 말로 표현 못 할 만큼 사랑하고   55
        시력이나 걸림 없는 자유보다 소중하게
        가장 값지다거나 희귀한 것 이상으로
        은총, 건강, 미와 명예 갖춘 삶에 못지않게
        일찍이 자식은 사랑하고 아버지는 받은 만큼
        입 열고 말하면 빈약해질 사랑으로   60
        온갖 비교 다 넘어 전하를 사랑하옵니다.

코델리아 (방백) 코델리안 뭐라 하지? 사랑으로 침묵하라.

리어   이 모든 영토에서 이 선부터 이 선까지
        그늘진 산림과 풍요로운 들판에다
        풍부한 강, 드넓은 평야가 있는 땅을   65
        네 소유로 해 주마, 너와 네 올버니의 자식들이
        영원히 상속도록. 짐의 둘째, 콘월 부인,
        짐이 가장 사랑하는 리건은 뭐랄 테냐?

리건   전 언니와 타고난 자질이 같사오니
        사랑도 같은 값이옵니다. 진심으로   70
        언니는 제 사랑을 조목조목 밝혔어요.
        근데 다만 크게 부족한 것은 저는 제 감각의
        핵심부에 들어 있는 다른 모든 기쁨을
        적이라 공언하고 오로지 전하의
        소중한 사랑 속에서만 행복해진다는   75
        사실이옵니다.

코델리아   (방백) 그렇다면 불쌍한 코델리아,
        하지만 안 그래, 왜냐하면 내 사랑은

분명히 내 입보다 더 무거우니까.

리어 너와 네 후손에게 영구히 세습으로
고너릴이 하사받은 땅보다 크기나 값어치, 80
기쁨 또한 못지않은 짐의 고운 왕국의
방대한 삼분의 일 남으리라. ─자 이제,
막내지만 내 즐거움, 네 사랑과 인연을
프랑스는 포도로 버건디는 우유로 맺자는데
언니들의 것보다 더 비옥한 삼분의 일, 85
그걸 위해 네가 할 수 있는 말은? 말하라.

코델리아 없습니다, 전하.

리어 없습니다?

코델리아 없습니다.

리어 없음은 없음만 낳느니라. 다시 해 봐. 90

코델리아 소녀 비록 불운하나 제 마음을 입에 담진
못하겠나이다. 전 전하를 도리에 따라서
사랑하고 있을 뿐, 더도 덜도 아닙니다.

리어 뭐, 뭐라고, 코델리아? 말을 좀 고쳐 봐라,
네 행운을 망치지 않으려면.

코델리아   전하께선 95
저를 낳아 기르시고 사랑해 주셨기에
저는 그에 합당한 의무로 보답코자

87행 없습니다 '없습니다.'와 그 명사형인 '없음'은 이 극에서 다양한 의미로 대단히 중요하게 쓰인다.

복종하고 사랑하며 가장 존경합니다.
언니들이 당신만 사랑한다 말할 거면
남편들은 왜 있지요? 제가 만일 결혼하면   100
제 서약을 받아들일 그이는 제 사랑과
걱정과 임무의 절반을 가져갈 것입니다.
전 언니들처럼 아버지만 사랑하는 결혼은
분명코 절대로 않겠어요.

리어   하지만 네 마음도 그러하냐?

코델리아   예, 전하.   105

리어   그렇게 어린데 그렇게 무정하냐?

코델리아   이렇게 어린데도, 전하, 진실하옵니다.

리어   그래라. 그럼 네 진실이 네 지참금이다,
왜냐하면 태양의 성스러운 광명과
헤카테의 은밀한 의식과 밤에게 맹세코   110
우리가 존재하고 없어지는 근원인
저 모든 천체들의 영향력에 맹세코
나는 네 부모로서 걱정 근심 모두와
근친 혈연관계를 여기에서 부인하고
지금부터 영원히 너를 나와 내 마음의   115
이방인 취급할 테니까. 스키타이 야만족

110행 헤카테 지옥과 마법의 여신.
116행 스키타이 서양 고대로부터 야만적인 관습으로 알려진 아시아 민족 가
운데 하나.

아니면 자신의 식욕을 채우려고
제 새끼를 잡아먹는 놈이라도 내 가슴엔
지난날의 딸자식, 너만큼 가까울 것이며
내 동정과 구원을 얻으리라.

켄트   주상 전하─   120

리어   켄트는 입 다물라,
분노한 용의 일에 끼어들려 하지 마라!
난 쟤를 가장 사랑했었고 그 따뜻한 보살핌에
다 맡길까 생각했다.   (코델리아에게)

가, 내 눈에 띄지 마라!
아비 마음 이제는 다른 데 줄 것이니   125
내 안식은 무덤이리. 프랑스를 불러라. 뭐 해?
버건디를 불러라.   (시종들 서둘러 나간다.)

콘월과 올버니는
두 딸의 지참금에 셋째 것을 흡수하라.
저 애는 솔직함이라는 오만함과 결혼하고.
난 자네들에게 내 권력과 최고 직위,   130
왕권에 따르는 화려한 표상들 모두를
공동 부여하노라. 짐은 매번 한 달씩
자네들 부담으로 백 명의 기사를 보유하고
순번 따라 거처를 정하겠다. 짐은 단지
왕이라는 이름과 경칭만 다 가지고   135
통치권과 조세권, 그 나머지 집행권은
사랑하는 사위인 자네들의 것이며

그것을 확인하는 뜻으로 이 관을

두 쪽으로 나누노라.

켄트 　　　　　　　　리어 왕이시여,

소신이 언제나 국왕으로 존경했고 　　　　　　140

어버이로 사랑하였으며 주인으로 따랐고

제 기도의 커다란 후원자로 생각했던—

리어 활은 굽어 당겨졌다, 화살을 피해라.

켄트 차라리 쏘십시오, 갈라진 살촉이

제 심장을 뚫더라도. 리어가 미쳤을 땐 　　　　145

켄트가 무례하죠. 뭘 어쩌려고요, 노인이?

권력이 아첨에 굴복할 때 신하가 두려워서

말 못 할 줄 아시오? 주상이 우둔할 땐

직언이 명예로운 법이오. 보위를 지키고

끔찍하게 경솔한 이 행동을 최대한 　　　　　150

숙고하여 멈추시오. 목숨 걸고 판단컨대

막내딸의 사랑은 가장 적지 아니하며

사람들이 조용하게 공허한 말 않는다고

인정 없진 않습니다.

리어 　　　　　　　목숨이 아깝거든 그만해.

켄트 제 목숨은 당신의 적과 싸울 담보물 　　　　155

그뿐이라 생각했고 당신의 안전 때문이라면

146행 노인이 켄트는 공손한 말씨를 버리고 직설적인 하오체를 쓴다. 이는 물
론 리어 왕에게는 상상 밖의 말투이다.

잃는 것도 안 두렵소.

리어 　　　　　　　　내 눈에 띄지 마라!

켄트 　더 똑똑히 보시오, 리어, 그리고 저를 항상

　　　당신 눈의 참된 표적 삼으소서.

리어 　아폴로에 맹세코—

켄트 　　　　　　　아폴로에 맹세코, 왕이시여,　160

　　　당신 맹세 헛소리요.

리어 　　　　　　　　이 쌍놈이! 발칙하다!

　　　　　　　　　　　(칼자루에 손을 댄다.)

올버니·콘월 　참으십시오, 전하.

켄트 　그래요, 당신 의사 죽이고 더러운 병에게

　　　사례비를 내리시오. 상속을 취소해요,

　　　안 그러면 목청이 터지도록 외치겠소,　165

　　　당신은 악행을 범한다고.

리어 　　　　　　　　들어라, 비열한 놈,

　　　충성심이 있다면 들어라!

　　　너는 짐이 절대로 깨지 않을 언약을

　　　깨게 하려 하였고 오만심이 지나쳐

　　　짐이 내린 판결과 권한에 간섭하려 했는데　170

　　　그건 짐의 기질이나 지위로는 못 참는바

159행 아폴로 아폴로는 셰익스피어가 이 극에서 설정한 기독교 이전 시대의 영국, 즉 브리튼 왕국 시절에 알맞은 신으로 그는 사수의 신, 태양의 신, 혜안의 신이며 또 질병과 치유의 신이기도 하다. (아든, 뉴케임브리지)

짐의 권능 발동하여 너에게 보답하마.

너에게 닷새를 주겠노라. 그동안에

세상 재난 막아 줄 생필품을 구해라.

그리고 엿새째엔 미움받는 등을 돌려   175

이 왕국을 떠나거라. 만약에 그다음 날

추방된 그 몸통이 짐의 영토 안에서 발견되면

그 순간 닌 죽는다. 가라! 주피터에 맹세코

취소하지 않을 테다.

켄트   왕이시여 안녕히. 당신 뜻이 그렇다면   180

자유는 여기 없고 추방은 여깄군요.

(코델리아에게) 신들은 아가씨를 보호해 주소서,

바르게 생각하고 가장 옳게 얘기한 분.

(고너릴, 리건에게) 당신들의 미사여구

　행동으로 입증되어

사랑한단 말로부터 좋은 결과 생겨나길.   185

자, 켄트는 경들에게 안녕을 고하고

새로운 나라에서 옛길 걸어가렵니다.　(퇴장)

팡파르. 글로스터, 프랑스 왕과 버건디 공작 및

수행원들과 함께 등장.

178행 주피터 조브라고도 불리는 로마 신계의 주신. 그리스 신화의 제우스에
해당한다.

18

글로스터	전하, 프랑스와 버건디가 왔습니다.
리어	버건디 공작,

짐의 딸을 얻으려고 이 왕과 경쟁한   190
당신에게 먼저 말을 하겠소. 최소한의
즉석에서 요구하는 지참금은 무엇이오,
아니면 구애를 그치겠소?

버건디	국왕 전하,

제의하신 것 이상은 애걸하지 않사오며
그 이하는 아니 주시겠지요?

리어	버건디 공, 195

그녀가 짐에게 귀했을 땐 그랬지만
이젠 값이 떨어졌소. 여자는 저기 있소.
꾸밀 줄 모른다는 저 물건의 일부가
또는 그 전부가 공작 맘에 든다면
추가된 건 오직 짐의 불쾌감일 뿐인데   200
저기 저 여자는 당신 거요.

버건디	할 말이 없군요.
리어	공작께선 결점은 많은데 친구는 하나 없고

새로이 짐의 미움 샀으며 저주라는
지참금에 더하여 의절당한 여자를
맞을 거요 말 거요?

버건디	죄송합니다만 205

그런 조건이라면 선택할 수 없습니다.

리어	그렇다면 관두시오. 조물주에 맹세코

그녀 재산 그게 다요.

      (프랑스 왕에게) 위대한 프랑스 왕,
난 내가 미운 데서 당신 짝을 찾을 만큼
아끼는 당신을 저버리진 않을 테니 간청컨대   210
조물주가 창피해서 자신의 작품으로
인정조차 않으려는 저것보다 나은 데로
호감을 돌려 보오.

프랑스   참으로 놀랍군요.
바로 지금까지도 당신께서 최고로 아꼈고
칭찬의 주제요 노년의 위안이며   215
최고 최상이었던 그녀가 눈 깜짝할 사이에
엄청난 어떤 일을 저질러 겹겹의 총애를
잃어버리다니요. 그녀의 죄상은 분명코
천륜에 어긋나는 추악한 것이거나
아니면 당신께서 앞서 공언하셨던 애정이   220
변질된 모양인데, 그녀 죄를 믿는 것은
기적 없이 이성만으로는 절대로 저에게
있을 수 없습니다.

코델리아   그래도 전하께 간청컨대,
의도 없이 말로만 기름 치는 기술이
저에게 없다 해서―좋은 뜻이 있으면 전   225
말에 앞서 실천하니까요―이건 밝혀 주십시오,
전하의 은총을 제게서 앗아 간 건
사악한 오점이나 살인 또는 추잡함,

부정한 행위나 천한 짓이 아니라
그것이 없기에 제가 더욱 부자인   230
늘 조르는 눈빛과, 못 가져서 전하의
호감을 잃었지만 안 가져서 저는 기쁜
혀라는 사실을.

리어   나를 더 즐겁게 못 했으니
넌 아니 태어난 것만도 못하니라.

프랑스 이뿐이란 말입니까? ─ 천성이 느린 탓에   235
하려고 하는 일을 얘기 않고 놔두는
그런 성향 말입니까? 버건디 공작께선
어찌하시렵니까? 본질에서 벗어나
이런저런 계산에 얽혀 버린 사랑은
사랑이 아닙니다. 그녀를 맞이하시겠소?   240
그녀는 그 자체로 지참금입니다.

버건디   왕이시여,
스스로 제안하신 그 몫만 주십시오,
그러면 제가 여기 손을 잡은 코델리아,
버건디 공작부인입니다.

리어 없소이다. 맹세했고 확고하오.   245

버건디 미안하오, 이렇게 부친을 잃었으니
남편 또한 잃게 됐소.

코델리아   염려하지 마세요.
버건디의 사랑은 재산을 고려하니
난 그의 아내 되지 않겠어요.

프랑스	가장 고운 코델리아, 가난하나 최고 부자,	250
	버림 멸시 받았으나 최고 선택 사랑 받은	
	그대와 그대 미덕 이제 내가 취하리다,	
	내버린 걸 줍는 게 합법적인 일이라면.	
	이럴 수가! 신들의 무관심은 차디찬데	
	내 사랑은 존경심에 불타다니 이상하지.	255
	왕이시여, 우연히 내게 온 무일푼 그대 딸은	
	짐과 백성, 아름다운 프랑스의 왕빕니다.	
	저 물 많은 버건디의 모든 공작 다 합쳐도	
	이 값없이 소중한 내 아가씨 못 사 가요.	
	코델리아, 몰인정한 그들과 작별하오.	260
	더 나은 곳 찾으려고 이곳을 잃는다오.	
리어	그녀를 얻었소, 프랑스 왕. 당신 걸로 합시다,	
	짐에게 그런 딸은 없으며 그 얼굴도	
	다신 보지 않을 테니. 그러므로 짐의 은총	
	짐의 사랑, 짐의 축복, 못 받은 채 떠나시오.	265
	갑시다, 버건디 공.	

　　　　(팡파르. 리어와 버건디, 콘월, 올버니, 글로스터,
　　　　　　　　　　　에드먼드 및 시종들 함께 퇴장)

프랑스	언니들과 작별하오.	
코델리아	아버지의 두 보물을 이 코델리아는	
	울면서 떠납니다. 난 둘의 정체를 알아요,	
	그래서 자매로서 둘의 잘못 직설하긴	270
	정말로 싫답니다. 아버지를 많이들 아껴 줘요.	

공언한 두 언니의 가슴에 그분을 맡겨요,
하지만, 아, 그분의 은총을 잃지만 않았어도
더 나은 곳으로 모시고 싶답니다.
그럼 둘 다 잘 있어요.   275

리건 우리 임무 지시 마라.

고너릴   네가 힘써 챙길 일은
네 남편의 만족이다, 운명의 보시로
널 받았으니까. 복종을 게을리한 너는
네게 없어 원했던 것들을 잃어 싸다.

코델리아 시간은 숨어 있는 흉계를 드러내고   280
감춰진 잘못을 창피 주며 비웃지요.
잘해 봐요.

프랑스   갑시다, 고운 나의 코델리아.

                         (프랑스와 코델리아 함께 퇴장)

고너릴 동생, 우리 둘과 아주 밀접한 관련이 있는 일
로 내가 해야 될 말이 적지 않아. 내 생각에
우리 아버진 오늘 저녁 여길 떠날 거야.   285

리건 그건 아주 분명해, 언니와 함께. 다음 달엔
우리와 함께.

고너릴 늙은이 변덕이 얼마나 심한지 봤지. 우리가
관찰한 것만 해도 적지 않았어. 아버진 언제
나 동생을 가장 많이 사랑했어, 근데 얼마나   290

280행 시간 의인화된 시간.

서투른 판단으로 이제 걔를 내쫓았는지, 너
무 뻔히 보여.

리건   늙어서 망령이 난 거야, 하기는 전에도 아버
지는 자신을 조금밖엔 알지 못했어.

고너릴   최고로 건강했던 시절에도 아버지는 성급하   295
기만 했어. 그러니까 우리는 그의 노년에 오
랫동안 몸에 밴 기질상의 결함뿐만 아니라
여러 해에 걸친 허약함과 성마름 때문에 생
기는 완고한 변덕까지도 예상해야지 돼.

리건   켄트 추방과 같은 갑작스러운 발작증을 우리   300
에게도 보일 것 같아.

고너릴   그와 프랑스 왕 사이에 작별 인사가 더 있어.
부탁인데 우리 같이 움직이자. 우리 아버지
가 지금 성미 그대로 권한을 행사하고 다닌
다면 최근에 그걸 포기한 건 우리에게 해가   305
될 뿐이야.

리건   그건 좀 더 생각해 보자.

고너릴   우린 뭔가 해야 돼, 단김에 말이다. (함께 퇴장)

1막 2장

서자 에드먼드, 편지 들고 등장.

에드먼드　　자연이여, 그대는 내 여신이고 내 활동은
　　　　　　그대의 법칙만 따르오. 내가 무엇 때문에
　　　　　　고질적인 관습에 묶이어 내 권리를
　　　　　　까다로운 국법이 뺏어 가게 놔두지?
　　　　　　형보다 한 열두 달, 열네 달쯤 뒤졌다고?　　　　5
　　　　　　천출은 또 뭐야? 뭣 때문에 천하지?
　　　　　　내 몸매는 정숙한 부인의 자식과
　　　　　　다름없이 잘 빠졌고 기상은 고귀하며
　　　　　　모습도 빼 닮았는데? 왜 우릴 천하다고
　　　　　　천함과 천출로 낙인찍지? 천해, 천해?　　　　10
　　　　　　우리는 자연의 은밀한 욕정에 힘입어
　　　　　　지루하고 맥 빠지고 싫증난 침대에서
　　　　　　잠결에 생겨난 멍청이 한 부족을 낳는 데
　　　　　　들어가는 것보다 더 많은 자질과
　　　　　　맹렬한 정기를 부여받았는데도? 그렇다면　　　15
　　　　　　적출인 에드거, 네 땅을 가져야만 되겠다.
　　　　　　아버지는 적출이나 천출인 이 에드먼드나
　　　　　　꼭 같이 사랑해. 적출이라, 참 멋진 말이다!
　　　　　　그럼 내 적출이여, 이 편지가 성공하고

1막 2장 장소 글로스터 백작의 저택.

내 계략이 적중하면 이 천한 에드먼드   20
적출 위에 오를 거다―난 자라고 번성한다.
신들이여, 천출 위해 발기해 주소서!

글로스터 등장.

글로스터   켄트가 그렇게 추방돼? 프랑스는 화난 채
            떠났고?
            국왕께선 이 밤에 가셨어? 권력을 제한하고
            수당만 받으신다? 모든 일이 벌어진 게   25
            순식간?―아, 에드먼드, 무슨 소식 있느냐?

에드먼드   (편지를 주머니에 넣으며) 죄송한데 백작님, 아뇨.

글로스터   왜 그렇게 열심히 그 편지를 넣으려 하느냐?

에드먼드   소식을 모릅니다, 백작님.

글로스터   뭔가 읽고 있던 게 있었느냐?   30

에드먼드   없습니다, 백작님.

글로스터   없어? 그럼 뭣 때문에 그걸 그리도 무섭게
            주머니에 급히 집어넣었느냐? 없음의 본질

23행 프랑스는…떠났고 리어와 프랑스 왕이 작별할 때 프랑스 왕이 화났다는
얘기는 극중에 없다. 그러나 1막 1장 299행에 또 다른 작별 인사가 있다는
말이 있고 그때 프랑스 왕은 코델리아에 대한 새로운 모욕에 화가 나서 떠
났으며, 올버니와 콘월로부터 그녀의 몫을 강제로 빼앗으려는 결심을 했을
지도 모른다. (아든)
33행 없음 글로스터도 리어와 같은 말을 사용한다.

은 그 자체를 숨길 필요가 없는 법. 어디 보
자.—자, 아무것도 없다면 내 안경은 필요치 35
않을 게다.

에드먼드　청컨대 용서해 주십시오. 이건 형이 보낸 편
지인데 다 읽진 못했습니다만 제가 정독한 곳
까지는 조사해 보시기에 적합하지 않은 줄
로 압니다. 40

글로스터　그 편지 이리 줘.

에드먼드　갖고 있든 드리든 화내실 것입니다. 내용이
제가 부분적으로 이해하건대 크게 비난받을
만합니다.

글로스터　어디 보자, 어디 보자. 45

에드먼드　형을 변호하자면, 이건 그가 저의 덕성을 시험
하거나 점검해 보려고 썼을 뿐이기 바랍니다.

글로스터　(읽는다.) '이 노인 존중 정책 때문에 우리 생
애 최고의 시절에도 이 세상은 괴롭고 우리
의 재산은 늙어서 즐길 수 없을 때까지 묶 50
여 있다. 나는 힘이 있어서가 아니라 참아 주
기 때문에 지배하는 이 늙은 독재자의 억압
이 쓸데없고 어리석은 예속임을 느끼기 시작
했다. 내게 와라, 이 일을 좀 더 얘기할 수 있
도록. 만일 우리 아버지가 내가 깨울 때까지 55
잠잔다면 넌 그의 수입 절반을 영원히 차지
하고 형의 사랑을 받으며 살 것이다. 에드거.'

흠! 음모다! '내가 깨울 때까지 잠잔다, 그의
수입 절반을 차지한다.' ―내 아들 에드거가
제 손으로 이걸 썼단 말이지? 제 마음과 머   60
리로 이걸 꾸며 내고? 언제 받았어? 누가 가
져왔느냐?

에드먼드   누가 가져온 게 아닙니다, 백작님, 그게 교활
한 거지요. 제 방 여닫이창 안으로 던져 넣
은 걸 제가 발견했답니다.   65

글로스터   넌 이게 형의 필첸 줄 알고 있지?

에드먼드   좋은 일이라면 백작님, 과감히 그렇다고 맹
세하겠지만 내용을 고려할 땐 아니었으면 좋
겠습니다.

글로스터   그의 거지?   70

에드먼드   형의 글씹니다, 백작님. 그러나 그의 마음은
그 내용 안에 있지 않길 바랍니다.

글로스터   이 일로 그가 널 떠본 적은 한 번도 없었느냐?

에드먼드   절대로요, 백작님. 그러나 그가 맞는다고 주
장하는 걸 여러 번 들었는데, 즉 아들 나이   75
가 꽉 찼고 아버지가 노쇠하면 아버진 아들
의 피보호자가 되고 수입은 아들이 관리해
야 된다고요.

글로스터   오 악당, 악당이다! 편지에 있는 바로 그 생
각이야. 혐오스러운 악당! 몰인정하고 고약   80
하며 짐승 같은 악당! ― 짐승만도 못한 놈!

이봐, 놈을 찾아. 체포하겠다. 가증스러운

　　악당,

어딨느냐?

에드먼드 잘 모르겠습니다, 백작님. 아무쪼록 형에 대
한 진노를 멈추시고 그의 의도에 대해 더 나 85
은 증언을 본인으로부터 얻어 내시려면 확실
한 순서를 밟으셔야 합니다. 반면에 그의 동
기를 오해하여 과격하게 일을 진행하시면 백
작님 명예에 커다란 흠이 생기고 그의 복종
심은 산산조각 날 것입니다. 그를 위해 제 목 90
숨을 저당 잡히고 말씀드리지만, 그는 백작
님에 대한 제 효심을 떠보려고 이걸 썼지 다
른 위험한 의도는 없다고 봅니다.

글로스터 그렇게 생각해?

에드먼드 적절하다고 판단하시면 저희 형제가 이 문제 95
를 의논하는 것이 들리는 곳에 모시겠으니
청각적인 확인으로 의문을 푸십시오, 그것도
더 시간 끌지 않고 바로 오늘 저녁에요.

글로스터 걔가 그런 괴물일 순 없어.

에드먼드 아니에요, 분명히. 100

글로스터 그렇게 다정하게 전적으로 자기를 사랑하는
아비에게. 천지신명이시여! 놈을 찾아, 에드
먼드. 그의 속내를 넌지시 알아봐, 부탁이다.
재주껏 일을 꾸며. 충분히 해명된다면 내 지

	위와 재산도 버리겠다. 105
에드먼드	곧바로 형을 찾고 방법을 알아내는 대로 일
	을 처리한 다음 알려 드리겠습니다.
글로스터	최근의 일식과 월식은 우리에게 좋은 징조가

아냐. 자연과학 지식으로 그걸 이러쿵저러쿵
설명할 순 있어도 인간계는 결과적으로 홍역 110
을 치르니까. 사랑이 식고 친구가 배신하며
형제가 갈라서고, 도시엔 폭동이 시골엔 불
화가 궁정엔 반역이 그리고 아들과 아비 사
이의 인연이 깨어졌어. 내 자식 놈도 그 예언
대로 됐어. — 아비와 적대하는 아들이잖아. 115
국왕께선 자연스러운 본능에서 빗나가셨어.
— 자식과 적대하는 아비잖아. 우리의 최고
시절은 지나갔어. 술책과 허위, 배신과 온갖
파괴적인 재앙들이 무덤으로 가는 우리 뒤
를 걱정스럽게 따라와. 이 악당을 찾아내라, 120
에드먼드. 네가 손해 볼 건 없을 거다. 조심
스럽게 해.— 그런데 고결하고 충성스러운 켄
트가 추방됐어, 죄목은 정직이야! 이상해, 이
상해!

(퇴장)

108행 일식과 월식 1605년 9월 27일의 월식과 10월 2일의 일식을 암시할 가
능성이 있다. (뉴케임브리지)

| 에드먼드 | 이건 세상 사람들의 순전한 바보짓인데, 우 | 125 |

에드먼드　이건 세상 사람들의 순전한 바보짓인데, 우리가 불운에 빠졌을 때—그건 종종 우리 자신의 행동이 지나쳤기 때문인데—우린 그 재난을 태양이나 달이나 별들의 탓으로 돌린단 말이야. 마치 우리가 불가피하게 악당이 되고 하늘이 강요해서 바보가 되고 천체의 130 우열로 나쁜 놈 도둑놈 배신자가 되며, 행성의 영향력에 강제로 복종당해 주정뱅이, 거짓말쟁이, 간통범이 되기나 하는 것처럼, 그리고 우리의 못된 점은 죄다 하늘이 떠맡긴 것처럼. 자신의 호색하는 기질을 별 하나의 135 탓으로 돌리다니 색골 인간의 경탄할 오리발이로다. 내 아버지는 어머니와 강교점 아래에서 합궁했다, 그래서 내 출생은 큰곰 좌 아래였다, 그러므로 난 거칠고 색정적이다. 쳇! 이 천출 자식을 만들 때 가장 순결한 처녀별이 140 저 창공에 반짝였다 하더라도 난 지금의 나였을 것이다.

에드거 등장.

137행 강교점　천체가 북쪽에서 남쪽으로 내려가면서 황도면을 지나는 점. 여기에서는 달이 이 지점에 도달한 때.

때 맞춰 나오는군, 구식 희극의 파국처럼.
내 역할은 지독한 우울증에다 미친 거지 탐
처럼 한숨짓는 거다. — 오, 이번 월식과 일   145
식은 이러저러한 분열을 예고하나니. 파, 솔,
　라, 미.

에드거 웬일이냐, 에드먼드 동생? 무슨 명상을 그리
심각하게 하느냐?

에드먼드 형님, 어저께 읽은 예보를 생각하고 있는데
이번 월식과 일식에 따라올 일이요.   150

에드거 넌 그깟 일에 신경을 다 쓰느냐?

에드먼드 불행히도 그가 써 놓은 결과가 나타날 거라
고 약속드립니다. 예를 들면 부모 자식 간의
몰인정함이라든지 죽음, 기근, 오랜 우호 관
계의 와해, 국가의 분열, 왕과 귀족들에 대한   155
위협과 악담, 불필요한 의심, 지지자들의 추
방, 군대 해산, 파혼 그리고 제가 알 수 없는
것들까지도요.

에드거 점성술 추종자 노릇 한 지 얼마나 오래됐어?

에드먼드 자, 자, 언제 아버지를 마지막으로 뵀어요?   160

에드거 그야, 간밤이지.

144행 탐 이는 당시 미친 거지들이 일반적으로 쓰던 이름이다. (아든)
146행 파…미 에드먼드는 에드거가 다가오는 것을 모르는 체하면서, 아마도
점성술 책을 읽으면서 이 음들을 노래한다. (뉴케임브리지)

에드먼드	말씀을 나눴어요?
에드거	그래, 두 시간 동안이나.
에드먼드	기분 좋게 헤어졌어요? 말씀이나 안색으로 봐서 불쾌해 보이진 않으셨습니까? 165
에드거	전혀 아니셨어.
에드먼드	그분의 심기를 상하게 해 드린 일이 없는지 생각해 보십시오. 그리고 제 간청을 받아들여 시간이 좀 지나 그분의 불쾌한 열기가 식을 때까지 만나 뵙지 마십시오. 지금은 그 170 불쾌감이란 놈이 그분 안에서 너무나 사납게 날뛰어 형님 몸이 상한대도 조금도 누그러지지 않을 겁니다.
에드거	어떤 악당이 날 모함했어.
에드먼드	저도 그게 걱정입니다. 격노의 속도가 좀 줄 175 어들 때까지 꾹 참고 피하세요. 그리고 제 숙소로 함께 물러나도록 하시지요. 거기 있다가 적당한 때에 그분께 데려가서 말씀을 듣도록 하겠습니다. 제발 가요. 이게 그 열쇱니다. 밖으로 나다니려면 무장하십시오. 180
에드거	무장하라고, 동생!
에드먼드	형님, 최상의 충고입니다. 형님에 대한 선의가 조금이라도 있다면 전 정직한 인간이 아닙니다. 제가 보고 들은 바를 얘기했어요. 하지만 어렴풋하게, 끔찍한 실상과는 전혀 다 185

르게요. 제발, 어서 가요!

에드거 곧 소식을 들려줄 테냐?

에드먼드 이번 일엔 전 형님 편입니다.   (에드거 퇴장)

쉽게 믿는 아버지에 고결한 형인데

이 형의 본성은 해악과는 너무나 동떨어져   190

누구도 의심 안 해.—바보 같은 올곧음은

계책을 쓰기엔 안성맞춤. 갈 길이 보인다.

출생으로 안 된다면 꾀를 내어 땅을 갖자.

내 목적에 맞는다면 뭔 일이든 상관없다. (퇴장)

1막 3장
고너릴과 그녀의 집사장, 오즈월드 등장.

고너릴 아버지가 내 신사를 때렸단 말이지, 자기 바
보를 꾸중했다고?

오즈월드 예, 마님.

고너릴 밤낮으로 그는 나를 모욕해. 매시간

이런저런 어이없는 범죄를 저질러   5

우리들 모두를 다투게 해. 난 못 참아.

그의 수하 기사들은 소란을 피우고 그 자신도

사사건건 짐을 욕해. 사냥에서 돌아오면

1막 3장 장소 고너릴과 올버니의 저택.

그와는 말 않겠다. 아프다고 얘기해라.
네가 만약 전보다 임무에 더 소홀하면   10
잘하는 일일 거다. 그 책임은 내가 지마.
                              (안에서 뿔 나팔 소리)

오즈월드 오십니다, 마님, 소리가 들려요.

고너릴   너와 네 동료들은 역겨운 게으름을
         마음대로 피워라, 문제되게 하고 싶다.
         그런 게 싫으면 동생한테 가라지.   15
         난 알아, 걔 마음과 내 마음은 하나인데
         지배받지 않겠단 것이지. 멍청한 노인아,
         아직도 자기가 주어 버린 권력을
         휘두르려 하다니. 목숨 걸고 말하지만
         늙은이 바보들은 다시 애가 됐으니까   20
         망상에 빠졌을 땐 추어주며 눌러야 해.
         내가 한 말 명심해라.

오즈월드   아무렴요, 마님.

고너릴   또 그의 기사들을 차갑게 대해라,
         결과는 상관없다. 동료들한테도 그리 일러.
         기회를 만들어 내 얘기를 하고야 말 테다.   25
         곧바로 동생에게 내 방식을 좇으라는
         편지를 써야지. 저녁을 준비하라. (함께 퇴장)

1막 4장

변장한 켄트 등장.

켄트 만약에 목소리를 달리하여 내 말씨도
호릴 수 있다면 겉모습을 지우게 된
나의 좋은 의도를 끝까지 완벽하게
살릴 수 있으리라. 자, 추방된 켄트여,
사형 선고 받은 데서 섬길 수 있다면   5
사랑하는 주인님은 네 노고가 많음을
언젠가는 아실 날 있으리라.

안에서 뿔 나팔 소리.

리어, 시중드는 기사들 네댓 명과 함께 등장.

리어 한순간도 지체 말고 저녁상을 내오너라. 가
서 준비하라. (켄트에게) 여봐라, 넌 뭐냐?

(기사 1 퇴장)

켄트 사람입죠.   10

리어 자칭하는 업종이 뭐냐? 짐에게 무슨 볼일이
라도 있느냐?

켄트 겉보기 이하는 아니라고 자칭합죠. 즉 저를
믿어 주시는 분에게 참되게 봉사하고 정직한

1막 4장 장소 고너릴과 올버니의 저택.

36

분을 사랑하며, 현명하여 말수가 적은 분과   15
어울리고 심판을 두려워하며, 피할 수 없을
땐 싸우는데—생선은 안 먹습니다.

리어   넌 뭐냐?

켄트   매우 정직한 마음을 가졌으며 국왕만큼이나
가난한 사람입죠.   20

리어   네가 백성으로서 그 사람이 왕으로서 가난
한 만큼 가난하다면 매우 그렇구나. 원하는
게 뭐냐?

켄트   봉사입니다.

리어   누구에게 봉사하려느냐?   25

켄트   당신이요.

리어   나를 아느냐?

켄트   아뇨. 그러나 당신 거동에는 제가 기꺼이 주
인님이라고 부르고 싶은 게 있습니다.

리어   그게 뭔데?   30

켄트   권위요.

리어   어떤 봉사를 할 수 있느냐?

켄트   전 명예로운 비밀을 지킬 수 있으며, 타고 뛰
고 복잡한 이야기는 하다가 망쳐 놓고 분명

17행 생선은…먹습니다 두 가지 설명이 있다. 첫째는 그가 충실한 신교도라는
뜻이고—신교도들은 금요일에 생선을 먹지 않는다는 점에서—둘째는 그
가 약골이 아니라는 뜻이다. (아든)

한 전갈은 솔직히 전할 수 있으며, 보통 사람   35
에게 맞는 일이라면 저도 자격이 있는데 가
장 훌륭한 점은 근면입죠.

리어 나이가 몇이냐?

켄트 여자가 노래 부른다고 좋아할 만큼 젊지는
않지만 아무 짓이나 해도 빠질 만큼 늙지도   40
않았죠. 등에 사십팔 년을 지고 있습니다.

리어 나를 따르라, 봉사하게 해 주마. 저녁 식사
후에도 널 지금만큼 좋아하면 너와 곧 헤어
지진 않겠다. 야, 저녁이다, 저녁! 내 바보, 이
녀석 어디 갔어? 가서 내 바보를 불러와라.   45

　　　　　　　　　　　　(기사 2 퇴장)

　　　　　　오즈월드 등장.

이봐라, 내 딸은 어딨느냐?

오즈월드 실례합니다만— 　　　　　　　(퇴장)

리어 저 녀석이 뭐라 했지? 저 멍청이를 도로 불러.

　　　　　　　　　　　　(기사 3 퇴장)

내 바보 어딨어? 허어, 온 세상이 잠든 것 같군.

　　　　　　기사 3 등장.

그래, 그 잡종은 어딨어?   50

기사 3	전하, 그가 말하기를 따님이 편찮으시답니다.
리어	그 종놈은 내가 불렀는데 왜 오지 않았어?
기사 3	전하, 그는 가장 노골적인 말투로 오지 못하겠다고 대답했습니다.
리어	오지 못하겠다고?
기사 3	전하, 이유가 뭔지는 모르겠습니다만 제 판단으로는 전하께서 늘 받으시던 예의 바르고 애정 어린 대접을 받지 못하고 계십니다. 또한 하인 전반뿐만 아니라 공작 자신과 따님의 친절도 크게 감소된 것으로 보입니다.
리어	하? 그렇단 말이지?
기사 3	제가 만약 틀렸다면 용서하시기 바랍니다, 전하. 전하께서 부당한 취급을 받으실 땐 입다물 수 없는 것이 제 의무이기 때문입니다.
리어	너는 단지 내가 가진 생각을 일깨워 주었을 뿐이야. 나도 최근에 대단히 늘어진 무관심을 감지했지만 그걸 의도적인 불친절이라기보다는 나 자신의 지나친 과민함 탓으로 돌렸어. 좀 더 깊이 들여다보도록 하지. 그런데 내 바보는 어디 갔어? 요 이틀 동안 보지 못했는데.
기사 3	전하, 막내 아가씨께서 프랑스로 떠나신 이후 바보가 몹시 초췌해졌답니다.
리어	그 얘긴 그만해라, 나도 잘 알고 있다. 넌 가

55

60

65

70

서 딸에게 내가 얘기 좀 하고 싶다고 전해라.   75

                    (기사 3 퇴장)

넌 가서 바보를 이리로 불러와라. (기사 4 퇴장)

                오즈월드 등장.

오, 자네, 자네, 이리 좀 와 보게. 내가 누구
던가?

오즈월드   제 마님의 아버지요.

리어   제 마님의 아버지? 네 주인의 잡놈, 이 상놈   80
의 개자식, 이 노예, 이 똥개 놈이!

오즈월드   전 그런 놈이 아닙니다, 전하, 용서하십시오.

리어   나와 눈싸움하자는 거야, 이 깡패가?

                            (그를 때린다.)

오즈월드   매 맞지 않겠습니다, 전하.

켄트   딴죽 걸리지도 않겠지, 축구나 하는 천한 놈.   85

                        (그의 다리를 건다.)

리어   고맙다, 이 녀석. 내게 봉사했으니 널 아껴
주마.

켄트   이봐, 일어나, 꺼져. 신분의 차이를 가르쳐 주

72~74행 막내…있다 이 섬세한 필치로 셰익스피어는 우리에게 코델리아와 리
어 그리고 바보의 성격을 엿볼 수 있게 해 준다. (아든)
85행 축구 셰익스피어 당시에 축구는 천한 경기로 간주되었으며, 할 일 없는
애들이 길거리에서 벌이는 경기로 시민들에게 커다란 골칫거리였다. (아든)

지. 가, 어서. 그 어설픈 몸뚱이가 얼마나 긴지
다시 재어 보고 싶으면 남아 있고 아니면 꺼   90
져. 어라, 정신 있어? 그렇지! (그를 밀어낸다.)

리어 그래, 친절한 녀석아, 고맙다. 이건 네 봉사료
선금이다.   (켄트에게 돈을 준다.)

바보 등장.

바보 그 사람 나도 좀 씁시다. (켄트에게 자기 모자
를 내밀며) 내 수탉 모자 여깄어.   95
리어 잘 있었어, 귀염둥이, 기분이 어때?
바보 (켄트에게) 이봐, 내 수탉 모자를 받는 게 좋
을걸.
켄트 왜, 바보야?
바보 왜냐고? 총애를 잃은 사람 편을 드니까 그렇 100
지. 아니, 바람 부는 쪽으로 미소 짓지 못하
면 넌 머지않아 찬밥 신세가 될 거야. 자, 내
수탉 모자를 받아. 글쎄, 이 친구는 자기 딸
을 둘은 추방하고 셋째에겐 본의 아니게 축
복을 내렸단 말씀이야 ─ 그를 따르려면 넌 105

95행 수탉 모자 직업 재담가인 바보의 모자. 이 모자는 약간씩 다르기는 하지
만 붉은 플란넬로 만든 수탉 볏 모양의 장식이 두드러진 특징이다. 또 거기
에는 종과 당나귀의 귀 그리고 깃털이 달려 있을 수도 있다. (뉴케임브리지)

내 모자를 꼭 써야 해. (리어에게) 잘 있었어,
아저씨? 내게 수탉 모자 둘과 딸 둘이 있었
으면 좋겠는데.

리어 왜, 애야?

바보 재산은 딸들에게 다 줘도 수탉 모자는 안 내   110
놓을 거야. 이건 내 거야, 딸들에게 하나 구
걸해 봐.

리어 조심해 너, 채찍 맞아.

바보 진실은 개 같으니까 개집으로 가야지. 아줌
마 암캐는 난롯가에서 구린내를 풍기는데 진   115
실은 채찍 맞고 쫓겨나야 한다니까.

리어 고약한 쓸개 맛이군.

바보 이봐, 내가 한마디 가르쳐 주지.

리어 그래라.

바보 아저씨, 잘 들어 봐.   120

가진 거 다 보여 주지 말고
아는 거 다 말하지 말고
있는 거 다 빌려 주지 말고

104~105행 셋째에겐…말씀이야 코델리아를 추방함으로써 리어는 그녀를 프랑
스 왕비로 만들어 주었고 버건디 공과의 결혼을 막아 주었다. (아든)
113행 채찍 당시 바보들은 흔히 채찍을 맞았다고 한다.
117행 고약한…맛이군 세 가지 설명이 있다. 1)여기에서 리어는 오즈월드의 무
례한 행동을 생각하고 있거나, 2)코델리아에게 범한 자신의 잘못을 뉘우치
기 시작했거나, 3)바보의 뼈아픈 농담에 반응을 보이고 있다. (아든)

걷느니 말 타고 다니고

듣는 거 다 믿지 말고 125

단판에 승부를 걸지 말고

술과 계집 버리고

집 안에만 처박혀 있으면

스물 내고 이십보다

더 많이 남길 거야. 130

켄트 이건 아무 뜻도 없잖아, 바보야.

바보 그럼 그건 사례금 안 받고 하는 변호사 말씀
과 같구먼, 당신은 그 대가로 나한테 아무것
도 안 줬잖아. (리어에게) 아저씨, 없음을 이용
할 줄 알아? 135

리어 글쎄 몰라, 없음에선 없음만 나오니까.

바보 (켄트에게) 그에게 말 좀 해 줘, 자기 땅 소작료
가 그 지경에 이르렀다고. 바보 말은 안 믿어.

리어 신랄한 바보 녀석.

바보 얘, 신랄한 바보와 친절한 바보의 차이점을 140
아니?

리어 몰라, 가르쳐 줘.

바보 당신 땅을 내주라고 조언한 신하 불러
내 곁에 세우고 당신이 그이를 대신하면
친절한 바보와 신랄한 바보는 바로 보여, 145
얼룩 옷 바보는 여기에, 또 하나는 거기에.

리어 넌 나를 바보라고 부르니, 애야?

바보   다른 칭호는 다 줘 버렸잖아, 그건 당신이 가
      지고 태어났고.

켄트   이거 온통 바보는 아닌데요, 전하.   150

바보   당연하지, 귀족들과 고관들이 허락하지 않을
      거야. 내가 바보 독점권을 따내면 자기들도
      한몫 끼려 할 텐데. 마나님들도 내가 온갖 바
      보짓을 혼자 하도록 내버려 두진 않을 테고
      낚아채려들 하시겠지. 아저씨, 계란 하나 주   155
      면 왕관 둘을 주지.

리어   무슨 왕관이 둘인데?

바보   글쎄, 계란의 중간을 자른 다음 속을 파먹고
      나면 계란 껍질 왕관이 둘이지. 당신이 왕관
      의 한가운데를 쪼개 양쪽을 다 줘 버렸을 때   160
      당신은 나귀를 등에 업고 흙길을 걸었어. 금
      관을 줘 버렸을 때 그 대머리 관 속에 지혜
      라곤 조금도 없었단 말이지. 내가 이번 일을
      바보처럼 말하거든 그 사실을 맨 처음 발견
      한 사람이 채찍을 맞으라고 해.   165

152행 독점권 엘리자베스 여왕이 통치 말기에 독점권 금지령을 선포했음에
도 불구하고 그녀의 후계자인 제임스 1세는 궁한 조신들에게 그것을 끊임없
이 나누어 주었고, 그 결과 대중들의 격렬한 항의가 있었다. (아든)
161행 당신은…걸었어 바보는 이솝 우화에서 사람들의 비난을 염려하여 당나
귀를 지고 가는 아버지와 두 아들의 얘기를 언급하고 있다.
164~165행 맨…사람 그는 다른 사람이 아닌 리어 본인이다.

44

(노래한다.) 올해는 바보들 최악의 불경기다,
              똑똑한 이들이 멍청해져
            머리를 어떻게 쓰는지도 모르고
              등신처럼 흉내만 내니까.

리어   이봐, 넌 언제부터 그렇게 노래를 많이 불렀어?   170
바보   당신이 딸들을 어머니 삼은 뒤로 줄곧 연습
          했어, 아저씨. 당신이 그들에게 회초리를 내
          주고 바지를 내렸을 때
          (노래한다.) 그들은 깜짝 놀라 기쁨에 울었고
                        난 슬픔의 노래를 불렀지,   175
                      그토록 훌륭한 왕께서 바보들과
                        술래잡기 놀이 하게 됐노라고.
          아저씨, 제발 이 바보에게 거짓말 가르쳐 줄
          선생 하나 붙여 줘, 나 거짓말 배울래.
리어   거짓말만 해 봐라, 채찍을 맞힐 테니.   180
바보   난 당신과 딸들의 촌수가 궁금해. 그들은 내
          가 진실을 말하면 채찍을 맞히겠다고 하고
          당신은 내가 거짓을 말하면 채찍을 맞히겠
          다고 해, 게다가 난 때로 침묵을 지킨다고도
          채찍을 맞아. 난 차라리 바보 말고 아무거나   185
          다른 게 됐으면 좋겠어. 그래도 아저씨, 당신
          은 안 될래. 당신은 정신머리 양쪽을 잘라 버
          리고 가운덴 아무것도 안 남겨 뒀거든. 여기
          잘라낸 것 가운데 하나가 오네.

고너릴 등장.

리어　　딸애야, 어떠냐? 이마에 그 띠는 왜 맸어? 넌　190
　　　　요새 눈살을 너무 많이 찌푸리는 것 같구나.

바보　　그녀의 찌푸린 눈살에 신경 쓸 필요가 없었
　　　　을 때 당신은 괜찮은 친구였는데 이젠 값없
　　　　는 숫자 영이 됐어. 난 지금 당신보다 낫다
　　　　고, 난 바보지만 당신은 없음이니까. (고너릴　195
　　　　에게) 예, 그럼요, 입 다물지요. 말은 없지만
　　　　당신 얼굴이 다물라고 명령하네요. 쉿, 쉿!

　　　　　　빵 껍질 빵 쪼가리 다 지겨워
　　　　　　버리는 사람도 좀은 필요할 거야.

　　　　(리어를 가리키며) 저건 깐 콩깍지랍니다.　　200

고너릴　전하, 모든 직언 허락된 이 바보뿐만 아니라
　　　　당신의 또 다른 무례한 종자들도
　　　　거칠고 참지 못할 소란을 피워 대며
　　　　매시간 트집 잡고 싸웁니다. 전하,
　　　　전 이 일을 당신께 똑똑히 알려 드려　　205
　　　　확실히 고쳐 볼까 생각했습니다만
　　　　당신의 아주 최근 언동으로 보건대 본인이
　　　　이러한 방식을 보호하며 허락해 부추기니
　　　　이젠 두렵습니다. 만약 그리하신다면
　　　　그 잘못은 견책을 못 면하고 치유책도　　210
　　　　잠만 자진 않을 텐데, 안녕 위해 그걸 쓰면

당신에게 해가 되어 다른 때 같았으면

제가 창피하겠으나 불가피할 경우엔

신중한 처사라 하겠지요.

바보 아저씨는 알고 있지,   215

　　　지빠귀가 뻐꾸기 너무 오래 키웠더니

　　　그 새끼가 자기 머리 쪼아 먹은 사실을.

그래서 촛불은 꺼지고 우린 어둠 속에 남았

었지.

리어 네가 짐의 딸이냐?   220

고너릴 당신 속에 가득한 것으로 알고 있는

훌륭한 지혜를 활용해 주시고, 최근에

당신의 참모습을 앗아 가는 이러한 성질은

버리시면 좋겠어요.

바보 마차가 말을 끄는데 모르는 바보가 있을까? 225

아이고 언니야, 난 네가 좋아.

리어 여기 날 아는 사람? 이건 리어 아니다.

리어가 이리 걷고 말하나? 두 눈은 어딨어?

그의 지적 능력이 줄었거나 분별력이

마비된 상태다. ─하! 깨 있어? 그건 아냐.   230

내가 누구인지를 말해 줄 수 있는 사람?

바보 리어의 그림자지.

226행 아이고…좋아 위협적인 몸짓을 보이는 고너릴에게 바보가 보이는 우스
개 조의 반응.

리어　그걸 알고 싶구나, 왜냐하면 왕권의 표상과

지식과 이성에 맹세코 난 딸들이 있다는 거

짓 설득을 당해야만 할 테니까.　　　　　　235

바보　그들은 그를 순종하는 아버지로 만들 거야.

리어　고운 부인이시여, 성함은?

고너릴　전하, 이러한 감탄은 당신의 새로운 장난과

꼭 같은 종류예요. 간청컨대 제 의도를

올바로 이해해 주시기 바랍니다,　　　　　　240

나이가 드셔서 현명하실 테니까요.

당신께서 여기 둔 기사 향사 백 명은

너무나 무질서한 데다 방탕하고 거만하여

그 태도에 오염된 짐의 이 궁정이

난잡한 여인숙 같습니다. 탐식과 욕정으로　245

근엄한 궁궐이라기보다는 술집이나

창녀촌과 다름없습니다. 이러한 창피는

즉각 시정돼야지요. 따라서 다른 때엔

부탁한 건 손에 넣는 여자가 요청컨대

수행원의 숫자를 조금만 줄이고　　　　　　250

계속해서 당신에게 의지할 나머지는

그 나이에 어울리고 자신들과 당신을

좀 아는 사람들을 쓰십시오.

233행 그걸 바로 앞의 바보의 말에 대한 반응일 수도 있지만, 231행의 자기 질문 가운데 '내가 누구인지'를 가리킬 수도 있다.

리어	천하에 못된 것!

리어　　　　　　　　　　　　　천하에 못된 것!
　　　　　말안장을 얹어라, 시종들을 불러 모아.
　　　　　타락한 천출 년아, 널 귀찮게 않겠다,　　　　255
　　　　　난 아직 딸 하나가 더 있어.

고너릴　　당신은 내 종자를 때리고 무질서한 당신 패는
　　　　　상관들을 하인처럼 부려요.

　　　　　　　　　　올버니 등장.

리어　　　슬프다, 너무 늦게 뉘우친 자! ─오, 왔는가?
　　　　　이게 자네 뜻인가? 말하게.─말들을 준비하라.　260
　　　　　배은망덕, 너 대리석 심장의 악마여,
　　　　　자식에게 나타날 땐 바닷속 괴물보다
　　　　　더욱 흉악하구나.

올버니　　참으십시오, 전하.

리어　　　　　(고너릴에게) 흉악한 솔개야, 거짓이다.
　　　　　나의 수행원들은 임무의 모든 면을　　　　265
　　　　　상세히 알고 있는 엄선된 인재들로
　　　　　본인들의 명성에 따르는 품위를
　　　　　철저히 지킨다. 오, 지극히 작은 잘못,
　　　　　코델리아 안에서 넌 얼마나 추하게 보였기에
　　　　　마치 무슨 기계처럼 확고한 내 인정을　　　　270
　　　　　뽑아내 버리고 가슴속 사랑을 다 짜내어
　　　　　담즙과 뒤섞어 놓았나. 오 리어, 리어야!

(머리를 치며)

어리석음 들이고 소중한 판단력을 내보낸

이 대문을 때려라. 내 사람들은 가라, 가.

(켄트, 기사들, 시종들 함께 퇴장)

올버니　전하, 전 죄가 없습니다, 당신께서 노하신　　275

이유를 모르듯이.

리어　　　　　　　그럴지도 모르겠네.

자연은 들으소서, 소중한 여신은 들으소서.

이것에게 많은 자식 점지해 줄 의향이

정말로 있었으면 그 계획을 멈추소서.

이 여자의 자궁에 불임증을 옮기고　　　　　280

생식 기관 모두를 싹 말려 버리며

그 썩은 몸에서 그녀를 존중할 아기는

절대로 못 나오게 하소서. 생산할 팔자라면

독 품은 자식 낳고 그것이 살아남아

비꼬이고 인정 없는 애물 되게 하소서.　　　285

그것으로 말미암아 젊은 이마 주름지고

쏟아지는 눈물이 뺨 위에 골을 파며

어미의 뭇 고생과 보람을 비웃음과

경멸로 바꾸어 은혜 잊은 자식을 두는 게

독사의 이빨보다 얼마나 더 날카로운지　　　290

느끼게 해 주소서. 떠나자, 떠나자!

(리어와 바보 함께 퇴장)

올버니　숭배하는 신들에게 맹세코 웬일이오?

고너릴	절대로 괴롭게 더 알려 하지 말고
	망령이 뻗는 대로 분풀이를 하도록
	내버려 두세요.	295

리어, 뒤따르는 바보와 함께 등장.

리어	뭐라고, 내 종자 오십 명을 단칼에?
	보름도 안 됐는데?
올버니	무슨 일이십니까, 전하?
리어	말해 주지. (고너릴에게)
	난 죽고 싶도록 부끄럽다,
	네 힘으로 내 남성을 이렇게 흔들다니,
	내가 너를 부득이 흐르는 이 더운 눈물에	300
	값하게끔 만들다니. 역병에나 걸려라!
	아비의 저주라는 불치의 상처가
	네 모든 감각에 사무치게 되리라.
	어리석고 늙은 눈아, 이 일로 다시 울면
	내 너를 뽑은 다음 쏟아지는 눈물 섞어	305
	흙 반죽을 만들리라. 아니, 이 지경이 되었어?
	하? 그래 좋아. 난 딸이 또 하나 있는데
	그 애는 틀림없이 친절하고 편안해.
	그 애가 이 소식을 들으면 손톱으로
	네 늑대 면상을 긁을 거다. 넌 알게 될 거다,	310
	내가 영영 버렸다고 생각했던 그 모습을

다시 찾은 사실을.   (퇴장)

고너릴   　　　　　　　저 말 잘 들었어요?

올버니   고너릴, 당신에게 품은 사랑 크다 해서

　　　　　내가 이리 편파적일 수는 없―

고너릴   부탁인데, 됐어요. 여봐라, 오즈월드!   315

　　　　　(바보에게)

　　　　　너, 비보라기보다는 종놈아, 주인을 쫓아가.

바보   아저씨, 리어 아저씨, 잠깐만. 이 바보 데려가요.

　　　　　　사로잡은 여우와 저런 딸은

　　　　　　목을 달아매야지요,

　　　　　　내 모자로 교수형 밧줄을   320

　　　　　　살 수만 있다면요.

　　　　　　그럼 이 바보는 따라가요.   (퇴장)

고너릴   이 사람은 조언을 잘 받았어.―기사가 백이야!

　　　　　그에게 무장 기사 백 명을 보유케 한 것은

　　　　　신중하고 안전했어! 맞았어, 그래서   325

　　　　　꿈마다 소문마다, 변덕, 불평, 미움마다

　　　　　그들의 힘으로 자기 노망 보호하고

　　　　　우리 목숨 좌우할 셈으로. 오즈월드 없느냐!

올버니   글쎄, 지나친 두려움도 있지 않소.

고너릴   지나친 믿음보단 안전해요.   330

　　　　　언제나 해 입지 않을까 겁내느니 언제나

　　　　　그 원인을 없애야죠. 그의 마음 알아요.

　　　　　그가 뱉은 말들을 동생에게 전했어요.

그와 기사 백 명을 동생이 부양하면
폐단을 지적해 줬는데도—

오즈월드 등장.

오즈월드 왔느냐? 335
그래, 동생에게 보낼 편지 썼느냐?

오즈월드 예, 마님.

고너릴 몇 사람을 데리고 말을 타고 떠나거라.
각별한 내 걱정을 상세히 통지하고
거기에다 그것을 더욱더 강화해 줄 340
너 자신의 이유도 덧붙여라. 어서 가
그리고 서둘러 돌아와. (오즈월드 퇴장)
아니, 아니, 여보,
우유처럼 부드러운 당신의 이 방식을
나무라진 않지만 죄송한 말인데
당신은 해로운 관용으로 칭찬받기보다는 345
분별력 부족으로 훨씬 더 비난을 받아요.

올버니 당신 눈이 어디까지 보는진 모르지만
더 좋게 만들려다 잘된 걸 망친다오.

고너릴 아니 그럼—

올버니 글쎄요, 결과를 봅시다. (함께 퇴장) 350

1막 5장

리어와 변장한 켄트 및 바보 등장.

리어 (켄트에게) 넌 이 편지들을 가지고 앞서서 글
로스터에게 가거라. 내 딸이 편지를 읽고 물
어보는 것 외에는 네가 아는 걸 아무것도 알
려 주지 말고. 부지런히 속력을 내지 않으면
내가 먼저 거기에 닿을 거야.   5

켄트 편지를 전달할 때까지는 전하, 잠을 자지 않
겠습니다.   (퇴장)

바보 사람 머리가 발뒤꿈치에 달렸다면 동상에 걸
릴 위험이 있잖을까?

리어 물론이지.   10

바보 그럼 제발 기뻐해, 당신 정신머리는 동상 때
문에 실내화 신지는 않을 테니까.

리어 하, 하, 하.

바보 이번 딸은 당신을 친절하게 대접할 테니까
두고 봐, 이 여자와 그 여자는 사과와 능금   15
처럼 닮았지만 그래도 내가 할 수 있는 말은
할 수 있으니까.

1막 5장 장소 고너릴과 올버니의 저택 바깥.
1~2행 글로스터 사람이 아니라 지명, 즉 '글로스터 읍'을 가리킬 수도 있다. 편
지를 주고받는 대상이 불명확하여 혼선을 일으키는 대목이지만 셰익스피어
는 단순히 다음 장면을 앞당겨 보고 이렇게 썼을 수도 있다. (아든)

리어	뭔 말을 할 수 있는데, 애야?
바보	이 여자와 그 여자는 두 능금의 맛이 같은
	것처럼 같을 거야. 당신은 사람 코가 왜 얼굴 20
	중간에 있는 줄 알아?
리어	몰라.
바보	그야 코 양쪽에 눈을 두자는 거지, 그래서
	냄새로 알아내지 못하는 건 들여다볼 수 있
	게끔. 25
리어	걔한테 잘못했어.
바보	굴 껍질이 어떻게 생기는지 알아?
리어	몰라.
바보	나도 몰라. 하지만 달팽이에게 왜 집이 있는
	지는 알아. 30
리어	왜?
바보	그야 자기 머릴 집어넣으려고, 그걸 딸들에
	게 줘 버리고 자기 뿔 넣을 데가 없으면 안
	되니까.
리어	난 천륜을 잊을 테다. 그렇게도 친절한 아비 35
	를! 딸들은 준비됐어?
바보	당신 졸개들이 하고 있어. 북두칠성에 별이
	일곱 개밖에 없는 이유는 참 그럴듯하지.

26행 걔한테 잘못했어 리어는 코델리아에 대한 자신의 처사를 골똘히 생각하
고 있다. 그러나 '걔'는 고너릴을 가리킬 수도 있다. (뉴케임브리지)

리어 여덟이 아니니까.

바보 맞았어, 당신은 훌륭한 바보가 되겠어. 40

리어 강제로 그걸 다시 뺏어—흉악한 배은망덕!

바보 아저씨, 당신이 내 바보라면 너무 빨리 늙었
다고 매 맞게 할 텐데.

리어 어째서?

바보 당신은 현명해지기 전까진 늙지 말았어야 했어. 45

리어 오, 하늘이여, 미치지 않도록 해 주소서! 평
정을 주소서, 미칠 마음 없나이다.

신사 등장.

그래, 말들은 준비되었느냐?

신사 됐습니다, 전하.

리어 얘야, 가자. (리어와 신사 함께 퇴장) 50

바보 내가 갈 때 웃는 처녀 곧 처녀를 잃을 거야,
물건이 다 잘리지 않는다면 말씀이야. (퇴장)

51~52행 내가…말씀이야 바보의 농담에서 우스갯소리만 듣고 리어가 비극적인
여정을 겪게 될 것임을 모르는 처녀는 멍청하기 때문에 어떻게 자기 처녀성
을 지켜야 할지 모를 것이다. (아든)

2막 1장
에드먼드와 커런 따로 등장.

에드먼드 커런, 잘 지냈어?

커런 도련님도요. 제가 주인어른과 함께 있었는데 콘월 공작과 리건 부인께서 오늘 밤 이곳으로 오실 거라고 통지해 드렸습니다.   5

에드먼드 어인 일로?

커런 모르겠습니다. 떠도는 소문은 들으셨습니까?—속삭임 말입니다, 아직은 귓전을 스치는 얘깃거리일 뿐이니까요.

에드먼드 못 들었어. 말해 줘, 그게 뭔데?   10

커런 곧 전쟁이 있을 거란 얘기 못 들으셨어요? 콘월과 올버니, 두 공작 사이에 말입니다.

에드먼드 한마디도 못 들었어.

커런 그럼, 앞으로 들으실 겁니다. 안녕히 계십시오.

(퇴장)

에드먼드 공작이 오늘 밤 여기에? 잘됐어—최고야!   15
이것은 내 일과 엮일 수밖에 없다.
아버지는 형을 잡을 보초를 세웠고
난 한 가지 까다로운 문제가 있는데
행동에 옮겨야지. 빨리 오라, 행운이여!

2막 1장소 글로스터의 저택.

형, 한마디만. 내려와요, 형, 어서요!

에드거 등장.

아버지가 감시해요. 오, 형님, 여길 떠요!　　　20
형님이 숨은 곳이 발각되긴 했지만
지금은 밤이라는 이점이 있습니다.
콘월 공작을 나쁘게 말 한 적 없어요?─
이리로 옵니다, 지금 이 밤중에, 급하게
리건도 함께요. 그분의 편에 서서　　　25
올버니 공작을 나쁘게 말 한 적 없어요?
생각 좀 해 봐요.

에드거　　　　　　　분명코 없었어, 한마디도.

에드먼드　아버지가 오는 소리 들립니다.─죄송하나
속임수로 형님에게 칼을 뽑겠습니다.
뽑아요, 방어하는 척하고. 자 이젠 붙어요.　　　30
(크게) 항복해, 아버지 앞으로 가! 여봐라, 불!
　여기다!
(에드거에게)
달아나요, 형님. (크게) 횃불! 횃불!─
　　　　　　　　　(에드거에게) 잘 가요.
　　　　　　　　　　　　(에드거 퇴장)
내가 피를 흘린다면 격렬한 싸움을
했다고 믿을 거다.

(자기 팔을 벤다.) 술꾼들이 장난삼아
더한 짓 하는 것도 보았다. 아버지, 아버지!　　35
서라, 서! 누구 없나?

글로스터와 하인들 횃불 들고 등장.

글로스터　　그런데 에드먼드, 악당은 어딨어?

에드먼드　　날 선 칼 뽑아 들고 어둠 속에 서 있었죠,

　　　　　　악한 주문 중얼대며 달에게 마법 걸어

　　　　　　수호 여신 돼 달라면서요.

글로스터　　　　　　　　　　　근데 놈은 어딨어?　　40

에드먼드　　저, 피가 나요.

글로스터　　　　　　　악당은 어딨냐고, 에드먼드?

에드먼드　　저리 튀었습니다, 절대로 안 되는 걸—

글로스터　　여봐라, 뒤쫓아라! 따라가.　(하인 몇 명 퇴장)

　　　　　　　　　　　　　　— 절대로 뭘?

에드먼드　　저에게 백작님 살해를 설득했답니다,

　　　　　　부친 살해범에게는 복수하는 신들이　　45

　　　　　　모든 벼락 내렸음을 그에게 말해 주고

　　　　　　부자간의 유대가 얼마나 깊고도 강한지를

　　　　　　얘기해 줬는데도. 백작님, 그는 결국

　　　　　　제가 그의 비정한 목적을 얼마나

39~40행 악한…달라면서요　에드먼드는 글로스터의 미신을 자극하고 있다. (아든)

혐오하고 있는지 알고서는 꺼낸 칼로   50
무방비의 제 몸에 무서운 일격을
깊숙이 가하다가 제 팔을 긁었어요.
하지만 이 옳은 싸움에 자극받아 용감해진
제 기백이 최고로 깨어난 걸 보고서는
아니면 제가 지른 소리에 질렸는지   55
황급히 달아났답니다.

글로스터   멀리 도망치라고 해,
이 나라 안에서는 안 잡힐 수 없을 거고
찾아내면—처형이다! 나의 주군 공작님,
나의 최고 후원자가 오늘 저녁 오신다.
그분의 권한으로 공포할 것이야,   60
그놈을 발견하여 흉악한 비겁자를
형장으로 끌고 가게 해 주면 사례 받고
숨겨 주면 죽는다고!

에드먼드   그에게 계획을 멈출 것을 권했으나
결행할 것임을 알고 전 독한 말로   65
폭로하겠노라고 위협했죠. 대답은 이랬어요,
'이 무일푼 천출 놈아, 내가 널 반박하면
네게 무슨 신뢰나 미덕이나 가치 있어
네 말이 믿기겠냐? 암, 이번 일을 포함하여
내가 부인할 것과, 그래, 네가 비록   70
내 필적을 내놓아도 난 모두를 네 사주와
음모와 추악한 책략으로 돌릴 테다.

또한 날 죽이려는 강력한 동기가
내 죽음에 따라올 네 이득임을 이 세상이
모를 거라 생각하면 넌 분명 사람들을   75
멍청이로 아는 거야.'   (안에서 나팔 소리)

글로스터   오, 유별나게 비정한 놈!
자기 편질 부인해? 내 자식이 아니다.
쉬, 공작의 나팔이야. 왜 오는지 모르겠다.
항구를 다 막으리라, 놈이 탈출 못 하게.
공작께서 그건 허락해야지. 그 밖에도   80
왕국 안의 모두가 식별할 수 있도록
그의 얼굴 그림을 원근에 보내고 내 땅은
충직하고 인정 많은 네가 물려받도록
방도를 찾아보마.

              콘월, 리건 및 시종들 등장.

콘월   어떻게 된 거요, 백작? 내가 여기 오고 나서   85
          그건 바로 지금인데, 이상한 소식을 들었소.
리건   그게 사실이라면 아무리 복수해도
          모자랄 것이오. 기분이 어때요, 백작?
글로스터   오, 마님, 늙은 이 가슴이 깨졌어요, 깨졌어.
리건   아니, 아버지의 대자가 당신 목숨 노렸어요?   90
          아버지가 이름을 지어 준 에드거가?
글로스터   오, 마님, 마님, 부끄러워 숨기고 싶습니다.

리건	아버지를 시중드는 난잡한 기사들과 한패가 아니었던가요?
글로스터	모릅니다, 마님. 너무너무 못됐어요. 95
에드먼드	예 마님, 그들과 어울렸답니다.
리건	그럼, 나쁜 영향 받았다고 놀랄 건 없군요. 노인의 재산을 흥청망청 날리려고 그에게 살인을 부추긴 건 그들이오. 바로 오늘 저녁에 언니를 통하여 100 그들에 대해서 잘 알았고 그들이 내 집에 묵으러 온다면 거길 떠나 있으라는 주의를 받았어요.
콘월	나도 분명 떠나겠소, 리건. 에드먼드, 자넨 아버지에게 자식 된 도리를 다했다고 들었네.
에드먼드	제 의무였습니다. 105
글로스터	그가 놈의 음모를 폭로했고 붙잡으려다가 두 분이 보시는 이 상처를 입었지요.
콘월	뒤쫓고 있습니까?
글로스터	예, 공작님.
콘월	그자가 붙잡히면 다시는 나쁜 짓 할 110 염려 없을 것이오. 내 권한을 어찌 쓰든 복안대로 하시오. 에드먼드 자네는 이번에 보여 준 미덕과 복종으로 천거되고 남으니 짐의 사람 만들겠네.

	깊이 믿을 인물들이 짐은 꼭 필요해.	115
	짐이 자넬 선점하네.	
에드먼드	섬기겠습니다, 다른 건 몰라도 진실되게.	
글로스터	자식 대신 감사드립니다.	
콘월	우리가 방문한 이유를 모르지요?	
리건	이렇게 때 아니게, 어두운 밤 헤매며.	120

리건 이렇게 때 아니게, 어두운 밤 헤매며. 120
글로스터 백작, 꽤 중대한 사태가 벌어져
백작의 권고를 들어야만 되겠어요.
아버지가 다툰 일로 편지를 썼는데―
언니도 썼지만―집을 떠나 답하는 게
최선이라 생각했답니다. 사신들이 제각기 125
급파되길 기다려요. 오랜 친구께서는
이 일은 즉각적인 처리가 요구되니
기운을 내신 다음 필요한 조언을
해 주기 바랍니다.
글로스터   분부를 따르겠습니다.
두 분을 정말 환영합니다.   (함께 퇴장) 130

2막 2장
변장한 켄트와 오즈월드 따로 등장.

오즈월드 어이 친구, 좋은 새벽 맞이하게. 이 집 사람인가?
켄트 그렇다.

오즈월드 말들을 어디다 매면 될까?

켄트 진창에다.

오즈월드 부디 날 아낀다면 말해 주게.   5

켄트 난 널 아끼지 않아.

오즈월드 뭐야, 그럼 나도 너에게 관심 없어.

켄트 너를 내 이빨로 깨물고만 있어도 나에게 관
심 갖게 해 줄 텐데.

오즈월드 왜 이런 식으로 날 대접하지? 나는 널 모르   10
는데.

켄트 이봐, 난 널 알고 있어.

오즈월드 나를 뭐로 아는데?

켄트 나쁜 녀석, 불량배, 음식 찌꺼기나 먹는 놈.
천하고 오만하며 얄팍하고 거지꼴에 옷 세   15
벌과 수입은 백 파운드, 더러운 데다가 모
직 양말 신은 녀석. 벼룩이 간보에 법이나 들
먹이는 잡놈, 상놈, 거울 찾고 과잉 충성하
며 까탈 부리는 불한당. 트렁크 하나 물려받
은 불상놈. 주인을 잘 섬긴답시고 포주 노릇   20
까지 할 놈. 나쁜 녀석, 거지, 겁쟁이, 뚜쟁이,

2막 2장 장소 글로스터의 저택 바깥.
15~16행 옷…벌 하인들에게는 일 년에 세 벌의 옷이 주어진 것 같다. (아든)
16행 백 파운드 하인의 수입치고는 큰 액수이지만 아마도 제임스 1세가 돈을
받고 기사를 양산한 것에 대한 공격처럼 보인다. (뉴케임브리지)
16~17행 모직 양말 신사들은 비단 양말을 신었다. (아든)

암 똥개 기질을 물려받은 개새끼 따위를 합
쳐 놓은 잡종에 지나지 않은 놈. 네놈이 이
들 호칭 가운데 한 글자라도 부인해 봐라, 시
끄럽게 징징 짤 때까지 패 줄 테니.   25

오즈월드   아니, 이런 괴이한 자가 있나, 안면도 없고 알지
도 못하는 사람에게 이렇게 욕설을 퍼붓다니!

켄트   이런 뻔뻔스러운 녀석 봤나, 네가 날 안다는
사실을 부인해? 국왕 앞에서 네놈의 다릴 걸
고 때려 준 지 이틀도 안 됐는데? 칼을 뽑아   30
라, 이 불한당아, 밤이기는 하지만 달빛은 있
다. (자기 칼을 뽑는다.) 네놈을 벌집 만들어
달빛 들게 하겠다. 이 상놈의 겉멋만 든 불한
당아! 칼을 뽑아!

오즈월드   저리 가, 난 너하고 아무 상관 없어.   35

켄트   뽑아라, 불량배 놈! 넌 국왕에게 불리한 편
지를 가져왔고 그녀의 부왕 전하에게 적대하
는 허영이란 이름의 꼭두각시 편을 들고 있
어. 뽑아라, 이 악한아, 안 그러면 네 정강이
살로 산적을 만들겠다.─뽑아라, 이 불량배   40
놈, 덤벼라!

오즈월드   사람 살려! 살인이야! 사람 살려!

켄트   싸워 봐, 이 잡종아. 서라, 악한아, 서. 이 겉
멋만 든 놈아, 싸우라고!   (그를 때린다.)

오즈월드   사람 살려! 살인이다! 살인!   45

단검을 든 에드먼드, 콘월, 리건, 글로스터 및
하인들 등장.

에드먼드 원 이런, 이게 무슨 일이냐? 떨어져라!

켄트 (에드먼드에게) 그렇지, 당신 같은 애송이가
일이란 말씀이오. 자, 한 수 가르쳐 드리지.
덤벼 봐요, 도련님.

글로스터 무기? 칼? 이게 무슨 일이냐? 50

콘월 목숨이 아깝거든 멈춰라. 한 번만 더 찌르면
죽는다. 이 무슨 일이냐?

리건 언니와 국왕이 보낸 사자들이군요.

콘월 (켄트에게) 무슨 일로 싸웠느냐? 말하라.

오즈월드 전 숨이 끊어질 것 같습니다, 공작님. 55

켄트 놀랄 것 없지, 용기를 너무 과하게 냈으니까.
이 겁쟁이 불량배야, 조물주는 너하고 관계
없대—넌 양복쟁이가 만들었어.

콘월 이상한 녀석이군. 양복쟁이가 사람을 만들어?

켄트 예, 양복쟁이요. 석수나 화가라면 자기 업종 60
에 두 해만 있었어도 녀석을 저렇게 못 만들
진 않았을 겁니다.

콘월 (오즈월드에게) 그래도 말해 봐. 왜 싸우게 되
었나?

오즈월드 이 늙어 빠진 무법자가, 공작님, 흰 수염으로 65
애걸하여 목숨을 살려 주었더니만—

66

켄트	이런 상것, 이런 쓸모없는 개똥 같으니! 공작
	님, 허락만 해 주신다면 이 줏대 없는 악당
	을 밟아 부숴 회반죽을 만든 다음 변소의
	벽을 바르겠습니다. 내 흰 수염을 살려 줘, 70
	너 할미새가?
콘월	이봐, 조용해! 이 짐승 같은 놈, 넌 어른도 모
	르느냐?
켄트	압니다만 화났을 땐 특권이 있습니다.
콘월	왜 화가 났느냐? 75
켄트	이따위 잡놈이 정직성은 없으면서
	칼은 차고 있어서요. 실실 웃는 이놈들은
	풀 수 없이 묶여 있는 신성한 인연을
	쥐처럼 두 동강 내 놓고 주인의 본성에서
	이성을 거역하는 감정을 모조리 추어주며 80
	불에는 기름을, 찬 기분엔 흰 눈을 대령하고
	자기네들 주인의 변화와 바람 따라
	물총새 아가리를 예, 아니오, 놀리면서
	개처럼 오로지 따를 줄만 압니다.
	(오즈월드에게) 일그러진 그 상판은 염병에나

85

71행 할미새 몸이 길고 가늘며 특히 길쭉한 꽁지를 습관적으로 위아래로 흔든다. 따라서 오즈월드의 아첨을 비유하는 데 쓰였다.

83행 물총새 이 새의 꼬리나 부리를 잡고 있으면 풍향계처럼 바람 부는 방향을 알 수 있었다고 한다. (뉴케임브리지)

걸려라.

내가 마치 바보인 양 내 말에 웃고 있어?

이 거위 같은 놈, 들판에서 널 만나면

꽥꽥대는 너를 잡아 술안주로 만들겠다.

콘월 뭐라고, 미쳤어, 이 늙은 녀석아?

글로스터 왜 맞붙게 되었는지 그걸 말해.   90

켄트 저와 이런 악당 놈 사이보다 더 심한 반감은

어떠한 상극에도 없습니다.

콘월 왜 그를 악당이라 하느냐? 뭘 잘못했는데?

켄트 이자의 용모가 마음에 안 듭니다.

콘월 나나 백작, 부인의 용모도 그럴 테지.   95

켄트 공작님, 솔직한 게 제 습관입니다.

저도 한땐 지금 제 앞에 있는 어깨 위의

그 어떤 얼굴보다 더 나은 얼굴들을

본 적이 있습니다.

콘월   바로 이런 녀석이

무뚝뚝하다는 칭찬을 받고 나서   100

일종의 오만한 거칢을 흉내 내며

직언의 본질을 왜곡해. 그는 아첨 못 하지, 암,

마음이 정직해서 진실을 말해야 돼.

받아 주면 좋은 거고 아니면 솔직하지.

이런 유의 악당들은 내가 아는 바로는   105

그 솔직함 이면에 우습게 굽실거리면서

꼼꼼히 임무를 다하려는 시종 스무 명보다

더 많은 술수와 불순한 목적을 품고 있어.

켄트　공작님, 진정으로, 거짓 없는 진실로
　　　위대하신 용안의 허락을 받잡고,　　　　　　　110
　　　그 위광은 명멸하는 태양신 이마 위의
　　　찬란한 불꽃 관 같은바―

콘월　　　　　　　　　　　　　이게 무슨 뜻이야?

켄트　그토록 달갑지 않게 여기셨던 제 말투에서
　　　벗어나려고요. 전 압니다, 제가 아첨꾼이 아
　　　닌 걸. 솔직한 말로 당신을 속인 자가 있었　115
　　　다면 그는 솔직한 악당이었을 텐데 전 그런
　　　놈은 되지 않으렵니다, 되겠다고 애원해서 괘
　　　씸죄에 걸릴 수는 있겠지만.

콘월　(오즈월드에게)
　　　자네는 그에게 무슨 죄를 지었느냐?

오즈월드　어떤 죄도 지은 적 없습니다.　　　　　　　120
　　　그의 주인 국왕께서 오해로 말미암아
　　　아주 최근 황공하옵게도 저를 때리셨는데
　　　그때 그는 그분의 불쾌감에 영합하며
　　　뒤에서 제 다리를 걸었고 넘어진 저를 두고
　　　뽐내면서 욕 퍼붓고 사나이 기질을　　　　　125
　　　영웅처럼 발휘하며 자제하는 사람을
　　　공격한 대가로 국왕의 칭찬을 받았는데
　　　그 가공할 위업에 고무되어 여기에서
　　　제게 다시 칼을 뽑았습니다.

켄트	허허,
	이따위 건달과 겁보들이 맹장 아이아스를 130
	바보로 만드는군.
콘월	차꼬를 가져와라!
	이 난폭한 영감쟁이, 허풍 떠는 늙정이야,
	가르쳐 주겠다.
켄트	배우기엔 너무 늙었습니다.
	차꼬를 채우지 마십시오. 전 국왕을 섬기고
	그분의 용무로 당신께 왔습니다. 135
	저를 차꼬 채운다면 왕권과 옥체를
	존중하지 않으며 너무나 불손한 악의를
	드러내는 것입니다.
콘월	차꼬를 가져와라!
	내 목숨과 명예 걸고 정오까지 앉히리라.
리건	정오까지! 여보, 밤까지, 밤이 샐 때까지. 140
켄트	아니 마님, 부친의 개라도 그런 대접
	않으실 겁니다.
리건	종이니까 하겠다. (차꼬가 나온다.)
콘월	이 녀석은 우리의 처형이 말한 자와
	꼭 같은 부류요. 자, 차꼬를 이리로.

130행 아이아스 콘월은 켄트가 자기를 쉽게 속아 넘어가는 바보 같은 그리스의 장군 아이아스(『트로일로스와 크레시다』 참조)와 동일시한다고 믿기 때문에 그가 내뱉은 불평조의 말에 격렬한 반응을 보인다. (뉴케임브리지)

| 글로스터 | 공작님께 청하오니 그리하지 마십시오. | 145 |

글로스터 공작님께 청하오니 그리하지 마십시오. 145
크게 잘못했으니까 그의 주인 국왕께서
꾸중하실 겁니다. 의도하신 천한 벌은
최고로 비천하고 경멸받는 놈들에게
절도와 아주 속된 범죄들을 처벌할 때
쓰이는 것입니다. 국왕께선 자신이 이토록 150
하찮게 평가되어 사자가 묶인 것을
안 좋게 생각하실 겁니다.

콘월   내가 책임지겠소.

리건 언니는 자기의 집사가 자기 일 보느라고
욕보고 폭행당한 사실을 훨씬 더 나쁘게
받아들일 거예요. 다리를 집어넣어. 155

(켄트를 차꼬에 앉힌다.)

콘월 자 백작, 갑시다.

(글로스터와 켄트만 남고 모두 퇴장)

글로스터 안됐네, 친구여. 이것은 공작의 뜻인바
그분의 성미는 온 세상이 잘 알듯이
바꾸지도 막지도 못하지. 간청해 보겠네.

켄트 마십시오. 뜬눈으로 힘든 길을 왔습니다. 160
얼마간 자다가 나머진 휘파람 불지요.
착한 사람 발에도 옴 붙을 수 있답니다.
좋은 아침 맞으시죠.

글로스터 이 일은 공작의 책임이다, 예감이 안 좋아. (퇴장)

켄트 왕이시여, 하늘의 축복을 마다하고 165

뙤약볕에 나선다는 속담이 맞음을
입증하시다니요.
솟아라, 그대 이 지상의 등대여,
그대의 위안되는 빛으로 이 편지를
판독할 수 있도록. 비참한 사람들만   170
기적을 보는구나. 코델리아 공주께서
이걸 보내셨는데 참말로 운 좋게도
내 잠행을 보고받고, (읽는다.) '이 엄청난 사태를
수습할 시간을 낸 다음 손실의 복구'에
힘쓰실 것이다. 너무 지쳐 못 잤으니   175
무거운 눈이여 기회다, 부끄러운 잠자린
쳐다보지 말거라.
운명아 잘 자라, 다시 웃고 바퀴를 돌려라.

(잔다.)

2막 3장

에드거 등장.

에드거   나에 대한 포고령을 들었다.
            그런데 때마침 나무에 구멍이 있어서

166행 속담 좋은 곳에서 나쁜 곳으로 옮겨 간다는 의미의 속담.
168행 지상의 등대 태양. 때는 새벽이다.

추적을 피했다. 항구는 다 막혔고
어디서나 나를 체포하려고 지키며   5
유별난 경계를 펴고 있다. 피할 수 있는 한
몸을 보전하리라. 그래서 여태껏
가난이 인간을 경멸하여 동물로 전락시킨
최고로 천하고 최고로 볼품없는 형상을
취하리라 생각했다. 얼굴엔 똥칠하고   10
허리엔 담요를 두르고 쑥대머리에다
맨살을 다 보이도록 드러낸 채
바람과 하늘의 박해에 대항하리.
그 증거와 선례로 미치광이 거지들이
이 나라에 있으니, 그들은 고함을 지르며   15
쇠침과 나무 대못, 못과 찔레 가지를
마비되어 감각 없는 맨 팔뚝에 찔러 넣고
그 끔찍한 모습으로 누추한 농가와
가난한 촌 동네, 움막과 물방앗간에서
때로는 미치광이 저주로, 때로는 기도로   20
동냥을 강요한다. 딱한 걸신, 딱한 탐,
그런 건 있어도 나 에드거는 없음이다.   (퇴장)

2막 3장 장소 글로스터의 저택 바깥.

2막 4장
리어, 바보 및 기사 한 명 등장.

리어 이상하다, 그들이 이렇게 집을 떠나
내 사자를 안 돌려보내다니.

기사 　　　　　　　제가 아는 바로는
어제 밤까지도 이렇게 옮기려는 계획은
있지 않았습니다.

켄트 　　　(깨면서) 문안드립니다, 주인님.

리어 하? 이 창피가 오락이냐?

켄트 　　　　　　　아닙니다, 전하. 　　　5

바보 하, 하! 이 사람 좀 봐, 가혹한 대님을 매고
있네. 말은 머리를, 개나 곰은 목을, 원숭이
는 허리를 그리고 사람은 다리를 잡아매는
법이지. 다리 힘 좋다고 싸돌아다니면 목제
양말을 신게 된다니까. 　　　　　　　10

리어 네 지위를 이토록 잘못 알고 너를 여기
앉힌 자가 누구냐?

켄트 　　　　　그와 그녀, 전하의
사위와 따님이요.

리어 아냐.

켄트 맞아요. 　　　　　　　15

_____

2막 4장 장소 글로스터의 저택 바깥.

74

리어   아니라니까.

켄트   맞는다니까요.

리어   아니 아냐, 못 그래.

켄트   아뇨, 그랬어요.

리어   주피터에 맹세코, 아냐.   20

켄트   주노에 맹세코, 맞아요.

리어   감히 못 해,
할 수 없지, 안 할 거야―살인보다 더 나빠,
국왕의 체면에 이렇게 폭행을 가하다니.
해명하라, 적당히 서둘러, 어떻게 그들이
짐이 보낸 널 이렇게 처우하고 넌 그걸   25
달게 받게 되었는지.

켄트   전하, 그들의 집에서
전하의 편지를 제가 올려 드린 다음
경의를 표하려고 무릎 꿇은 자리에서
일어서기도 전에 김 나는 파발꾼이
허둥지둥 땀에 절어 반쯤은 죽은 듯이   30
여주인 고너릴의 인사를 헐떡여 토하고는
저를 가로막으며 편지를 전했는데
그들은 곧장 그걸 읽었고 그에 따라
가솔들을 소집하여 바로 말에 올랐으며
저에게는 따라와서 천천히 대답을   35

21행 주노 로마 최고의 여신.

기다리라 명하고 차가운 표정을 지었죠.
그런데 여기에서 그를 환대하느라고
저를 냉대했다고 느꼈던 사자를 만났는데
최근에 전하께 시건방진 태도를 보였던
바로 그 녀석이라 분별력보다는   40
용기가 많은 저는 칼을 뽑았습니다.
그자는 겁쟁이 큰 소리로 집 안을 깨웠고
전하의 사위와 따님은 그 죄가 이런 치욕
받아 마땅하다고 여겼지요.

바보 기러기 그쪽으로 날아가면 겨울 아직 안 끝   45
낳어.

　　　넝마 걸친 아비는
　　　　　자식들이 눈 돌리나
　　　주머니 찬 아비는
　　　　　자식들이 친절하지.   50
　　　최고 창녀 운명 여신
　　　　　거지에겐 문 안 열어.

그러나 이 모든 것에도 불구하고 당신은 딸
들 때문에 일 년 내내 셀 수 있는 통한이 있
을 거야.   55

리어 오, 울화통이 내 심장을 치받고 올라온다!
화병이여, 차오르는 슬픔이여, 내려가라,
네 자리는 저 아래다. 이 딸은 어딨느냐?

켄트 백작과 저 안에 있습니다.

리어	따라오지 말고 여기서 기다려. (퇴장) 60
기사	얘기한 것 말고는 아무 죄도 안 지었소?
켄트	그렇소. 국왕을 따라온 사람 수가 어찌 저리 적지요?
바보	그런 질문을 했기 때문에 차꼬를 차게 되었 다면 넌 그걸 차는 게 당연해. 65
켄트	왜, 바보야?
바보	우린 널 개미한테 공부하러 보내서 겨울엔 일을 안 한다는 걸 가르쳐 줄 거야. 코를 따 르는 자들은 장님을 빼놓고는 다 눈에 의지 하는데 썩은 내 나는 사람을 냄새 맡지 못하 70 는 코는 스무 개 가운데 하나도 없어. 큰 바 퀴가 언덕 아래로 구를 때는 따라가다가 목 이나 분지르지 않으려면 손을 떼야지. 그러나 큰 사람이 위로 올라갈 때는 그가 널 이끌도 록 해. 더 나은 조언을 해 주는 현자가 있거 75 든 내 건 도로 줘. 나쁜 놈들이나 내 말을 따 르게 할 테야, 바보가 해 주는 말이니까.

이득을 챙기려고 봉사하고

겉만 보고 따르는 자,

67행 개미 개미는 여름 동안 많은 식량을 저장하는데, 이제 리어의 운세가
겨울로 바뀌어 그에게서 아무것도 얻을 것이 없기 때문에 추종자들이 모두
그를 버렸다는 사실을 암시한다. (아든)

비 오기 시작하면 짐 싸들고   80
폭풍 속에 널 버려도
난 기다려, 이 바보는 남는다고,
똑똑한 놈 가게 하고.
도망가는 나쁜 놈 바보 되도
이 바보는 나쁜 놈 절대 안 돼.   85
켄트 그건 어디서 배웠냐, 바보야?
바보 차꼬 차곤 안 배웠지, 바보야.

리어와 글로스터 등장.

리어 나와 얘길 거부해? 아프다고, 지쳤다고,
밤새 여행했다고?—핑계에 불과해, 맞아,
반역과 도주와 아주 닮은 행동이야.   90
더 나은 대답을 받아 와.
글로스터   주상 전하,
공작의 불같은 성미를 아시지 않습니까,
얼마나 요지부동으로 자신의 방침을
고집하고 있는지.
리어 복수다, 재앙이다, 죽음과 혼란이다!   95
불같아? 무슨 성미? 아니, 글로스터, 글로스터,
콘월 공작 부부와 얘기하고 싶다니까.
글로스터 글쎄요, 전하, 그렇게 통지했습니다.
리어 통지해? 이봐, 내 말뜻을 이해하나?

글로스터	예, 전하. 100
리어	국왕이 콘월과 얘기하고 싶다니까.
	사랑하는 아버지가 딸과 얘길 하고 싶고
	봉사를 명령하고 기다린단 말일세.
	그들이 이걸 알아? 숨차고 피가 끓어!
	불같아? 불같은 그 뜨거운 공작에게 말— 105
	하지만 아직 아냐, 안 좋을 수도 있지.
	허약하면 건강할 땐 필수였던 임무도
	다 게을리하는 법. 심신이 억눌려
	우리 몸과 마음이 함께 고통받을 땐
	정신을 못 차리게 되니까. 참겠다. 110
	그러고 보니까 내 격한 충동에 화가 난다,
	싫증 나서, 병이 나서 폭발시킨 감정을
	건강하다 여겼으니.
	(켄트가 눈에 띈다.) 내 왕권이 죽었어!
	왜 그가 여기 앉아? 이 행위로 보건대
	공작과 그녀가 나타나지 않은 건 115
	계책일 뿐이라 믿는다. 내 하인을 꺼내 놔.
	가서 공작 부부에게 내가 지금 당장에
	얘기하고 싶다고 해. 나와서 내 말 듣지 않으면
	그들 침실 앞에서 북 두들겨 잘 생각은
	죽여 주겠노라고 해. 120
글로스터	사이가 좋아지길 바랍니다. (퇴장)
리어	아, 내 심장! 심장이 솟구친다! 하지만 내려

가라!

바보 심장에게 소리쳐 봐, 아저씨, 팔푼이 아줌마
　　가 뱀장어들을 산 채로 국 솥에 넣었을 때처　125
　　럼. 그녀는 막대기로 놈들의 대가리를 두들
　　기며 '내려가, 짓궂은 것들아, 내려가!' 소리
　　쳤대. 그 아줌마 남동생은 있잖아, 자기 말에
　　게 순수한 친절을 베푼답시고 건초에 버터를
　　발랐대.　　　　　　　　　　　　　　　130

　　　콘월, 리건, 글로스터 및 하인들 등장.

리어 둘 다 잘 잤는가?
콘월 　　　　　　어서 오십시오, 전하.
　　　　　　　　　　　(켄트가 풀려난다.)
리건 전하를 뵙게 되어 기쁩니다.
리어 그럴 거라 생각한다, 리건. 그럴 만한
　　이유도 알고 있다. 네가 아니 기쁘다면
　　난 간통한 네 어미가 묻혀 있는 무덤엔　135

124행 팔푼이 아줌마　아마도 잊힌 이야기에 나오는 여자 같은데, 그녀는 뱀장어
를 죽여서 요리해야 한다는 사실을 몰랐기 때문에 이런 일을 당한다. (아든)
129~130행 건초…발랐대　마부들이 흔히 쓰는 속임수 중의 하나는 건초에 버
터를 바르는 것이었다. 말은 기름 묻은 풀을 먹기 싫어하므로 마부들은 남
은 풀을 훔칠 수 있었다. 그러나 이 아줌마의 동생은 순수한 마음으로 그렇
게 했다. (아든)

근처에도 안 갈 테다. (켄트에게) 오, 풀려났는가?

그 일은 나중에.—사랑하는 리건,

네 언닌 사악해. 오, 리건, 그 애는 날카로운

불친절의 이빨을 독수리처럼

        (가슴에 손을 얹으며) 여기에 박았다.

너에겐 말도 못 꺼낸다. 넌 믿지 못할 거야,   140

얼마나 불량한 태도로—오, 리건!

리건   전하 제발 참으세요. 전 언니가 임무를

꺼렸다기보다는 당신께서 언니의 진가를

평가할 줄 모르셨기 바랍니다.

리어   뭐? 어째서?

리건   전 언니가 책무를 저버렸을 것이라곤   145

조금도 생각할 수 없습니다. 전하, 혹시

언니가 당신의 종자들의 소란을 눌렀다면

모든 비난 해소해 줄 든든한 이유와

유익한 목적이 있었겠죠.

리어   그년을 저주해.

리건   오, 당신은 늙었어요.   150

생명력이 바로 그 한계점에 왔다고요.

당신보다 당신의 상태를 더 잘 식별하는

사려 깊은 사람의 다스림과 지도를

135행 간통한 리건이 기쁘지 않다면 자기 딸이 아닐 것이라는 가정에서 하
는 말이다.

받으셔야 합니다. 그러니 간청컨대
짐의 언니에게로 꼭 좀 되돌아가   155
잘못했다 말하세요.

리어   개에게 용서를 구한다?
이것이 가문에 얼마나 어울리나 보겠어?
(무릎 꿇으며) 따님이여, 이 몸은 늙었음을
   고백하나이다.
노인은 쓸모없소. 무릎 꿇고 간청컨대
저에게 의복과 침대와 음식을 내리소서.   160

리건   전하, 그만. 이런 장난 꼴사납습니다.
언니에게 돌아가요.

리어   (일어서며) 절대로 안 간다, 리건.
걔는 내 수행원을 절반으로 줄였으며
독하게 날 쳐다보고 혓바닥을 휘둘러
바로 이 심장을 꼭 뱀처럼 후려쳤다.   165
저 하늘에 쌓인 복수, 은혜 잊은 그년에게
다 쏟아져 내려라! 병 옮기는 바람이여,
그년 태아 불구로 만들어라!

리건   어머, 어머!

리어   민첩한 번개여, 눈멀게 할 불꽃을
비웃는 그년 눈에 쏘아라! 강렬한 태양이   170
빨아 올린 늪 안개여, 그년 미모 오염시켜
물집으로 뒤덮어라!

리건   오, 신들은 맙소사!

급한 감정 올라오면 제게도 퍼붓겠죠.

리어 아냐, 리건, 넌 절대 나의 저주 안 받는다.
천성이 고운 넌 난폭한 짓 할 생각은   175
품지도 않을 거다. 걔 눈은 사납지만
네 눈은 편안하며 타지 않아. 내 뜻을
들어주기 싫어하고 수행원을 막 자르며
말대꾸 급히 하고 내 수당을 줄이며
결국에는 들어오지 못하게 문 잠그는   180
그런 일을 너라면 안 할 거야. 넌 인간
본연의 임무와 자식 된 도리와 예의범절,
감사의 표시를 개보다 더 잘 알아.
너에게 내가 내린 왕국의 절반을
잊지는 않았겠지.

리건   전하, 용건은요.   185

　　　　　　　　　(안에서 나팔 소리)

리어 내 사람을 누가 차꼬 채웠느냐?

　　　　　　　　오즈월드 등장.

콘월   저 나팔은?

리건 언니 것이에요. 곧 여기로 오겠다는
편지가 맞았네요. (오즈월드에게)

　　　　　　　　마님이 오셨느냐?

리어 이 노예의 쉬 빌린 자만심은 이놈이 따르는

그 여자의 변덕스러운 호의에서 나왔어.   190
썩 꺼져라, 썩을 놈아!

콘월   무슨 말씀이신지?

                    고너릴 등장.

리어   누가 내 하인을 차꼬에 앉혔느냐? 리건 넌
        몰랐으면 좋겠다. 이 누구야? 오, 신들이여,
        당신들이 노인을 아끼고 천상의 통치에도
        복종을 인정하며 당신네도 늙었다면   195
        이번 일엔 천벌 내려 내 편을 드시오!
        (고너릴에게)
        이 수염을 쳐다보기 부끄럽지 않으냐?
        오 리건, 그 애와 손잡으려 하느냐?

고너릴 왜 손을 못 잡죠? 제 잘못이 뭔데요?
        경솔하고 노망들어 죄라 하는 모두가   200
        다 죄는 아닙니다.

리어   오, 너무 질긴 내 가슴아!
        아직도 버티느냐? 내 사람이 차꼬는 왜 찼어?

콘월   제가 채웠습니다만 범법으로 훨씬 더
        나쁜 상을 받아야 했습니다.

리어   뭐? 자네가?

204행 상 반어법.

84

리건 아버지, 약하시니 약하게 보이세요.   205
      달이 찰 때까지 수행원 절반을 떼 버리고
      언니네 집으로 되돌아가 머문 다음
      제게로 오세요. 전 지금 집을 떠나 있어서
      접대를 하는 데 필요한 물품들을
      조달하지 못하는 실정이랍니다.   210

리어 재한테 돌아가? 오십 명을 떼 버리고?
      아냐! 난 차라리 모든 집 다 버리고
      적의 품은 대기와 싸움을 택하리라. —
      늑대와 부엉이의 동료가 되리라. —
      매서운 궁핍의 고통이여! 저 애와 함께 가?   215
      허, 난 오히려 지참금 없이도 막내를 데려간
      다혈질의 프랑스 왕 옥좌 앞에 무릎 꿇고
      종자나 된 것처럼 연금을 구걸하여
      천한 목숨 유지하리. 저 애와 함께 가?
      차라리 날 설득하여 혐오스러운 저 종놈의   220
                        (오즈월드를 가리키며)
      마부나 되라고 해.

고너릴   좋을 대로 하세요.

리어 딸애야 제발 빈다, 날 미치게 하지 마라.
      얘야, 널 귀찮게 않으마. 잘 가라.
      우린 다시 만나지도 보지도 않을 거야.
      하지만 넌 내 살, 내 피, 내 딸, 아니 넌 오히려   225
      내 것이라 해야 하는 몸 안의 질병이고

내 썩은 피가 만든 부스럼, 페스트 발진이나
부풀은 옹이다. 하지만 널 꾸짖진 않겠다.
치욕이 올 테면 오라고 해, 난 아니 부르마.
천둥 가진 신에게 치라고 하거나   230
높은 심판 조브에게 고자질도 않으마.
고칠 수 있을 때 고쳐 봐, 여유 있게 개선해.
난 참을 수 있단다, 나와 기사 백 명은
리건 집에 묵을 수 있단다.

리건   꼭 그렇진 않아요.

전 아직 당신을 예상도, 제대로 맞이할   235
준비도 못 했어요. 언니 말 들으세요.
당신의 격정을 이성으로 판단하는 이들은
당신이 늙었다고 할 수밖에, 그래서—
하지만 언니는 알아서 처신해요.

리어   말 다했어?

리건 그렇고말고요. 아니, 시종이 오십 명?   240
됐잖아요? 더 있을 필요가 뭐예요?
예, 그렇게 많이요? 수가 너무 많으면
비용 위험 둘 다 큰데? 한 집에서 많은 이가
두 가지 명령받고 어떻게 화목을
지킬 수 있겠어요? 어렵고 거의 불가능해요.   245

231행 조브 주피터라고도 불리는 로마 신계의 주신. 그리스 신화의 제우스
에 해당한다.

86

고너릴	전하, 동생에게 딸려 있는 하인이나
	제 하인의 시중을 받으시면 안 될까요?
리건	전하, 왜 안 되죠? 만약에 그들이 소홀하면
	우리가 통제할 수 있고요. 저에게 오시려
	면—이제는 위험을 엿봤으니—간청컨대 250
	스물에 다섯만 데려와요. 그 이상은
	자리도 못 내주고 인정도 않겠어요.
리어	너희에게 다 주었다.—
리건	때맞춰 주셨지요.
리어	너희를 내 관리인, 수탁자로 만들고
	그만한 숫자의 시중을 받도록 255
	단서를 두었다. 뭐, 스물에 다섯만 데리고
	너한테 가야 해? 그렇게 말했느냐, 리건?
리건	다시 말씀드리지만 더 이상은 안 돼요.
리어	사악한 것들도 아직 예뻐 보이는군,
	더 사악한 게 있을 땐. 최악이 아니란 게 260
	칭찬을 좀 받는구나. (고너릴에게)
	너와 함께 가겠다.
	네 오십은 스물하고 다섯의 두 배니까
	사랑 또한 두 배다.
고너릴	제 말 들어 보세요.
	스물다섯, 왜 필요한데요? 열이나, 다섯은?
	그 두 배의 하인들이 당신을 돌보도록 265
	명령받는 집 안에서?

리건	하나는 왜 필요해요?
리어	오, 필요를 따지지 마! 가장 천한 거지들의

가장 값싼 물건에도 넘치는 게 있는 법.
인간에게 본능만 채우라고 한다면
그 목숨 값, 짐승처럼 싸겠지. 넌 귀부인이다.　270
따뜻한 것만이 화려한 것이라면, 그래,
네가 입은 화려한 건 필요 없지, 널 따뜻이
보호도 못 하는데. 근데 진정 필요한 긴―
하늘은 저에게 인내를 주소서, 인내가
　필요하오!
신들이여, 여기 이 불쌍한 노인이 보이지요,　275
나이만큼 근심 많고 양쪽으로 비참한데
아비에게 반항토록 이 딸들을 선동한 게
당신들이라면 저 또한 바보처럼 순하게
참지 않게 하소서. 고귀한 분노를 내려 주고　280
이 남자의 두 뺨을 여자들의 무기인 눈물로
더럽히지 마소서. 그래, 이 무정한 마녀들아,
내 너희 둘에게 복수하여 온 세상이―
난 할 테다.―뭘 할진 모르지만 그것은
지상의 공포가 되리라! 내가 울 것 같아도
아냐, 난 안 울어.　　　　　　(폭풍우 소리)　285
울 이유는 충분하나 울기 전에 이 심장이
천 갈래 만 갈래로 찢어질 것이다.
오, 바보야, 난 이제 미치련다.

(리어, 글로스터, 켄트, 바보 및 기사 함께 퇴장)

콘월	자, 들어갑시다, 폭풍이 올 거요.	
리건	이 집은 좁아서 이 노인과 종자들을	290
	묵게 하기 힘들어.	
고너릴	본인의 잘못이지. 스스로 휴식을 피하니	
	자기 어리석음을 자기가 맛봐야 돼.	
리건	혼자라면 기꺼이 받아들이겠지만	
	시종은 하나도 못 받아.	
고너릴	나도 그리 결심했어.	295
	글로스터 백작은 어디에 있지요?	

글로스터 등장.

콘월	노인을 따라갔소. ─ 이제 돌아왔군요.	
글로스터	국왕께서 격노하셨습니다.	
콘월	어디로 가고 있소?	
글로스터	말을 찾으셨으나 방향은 모르겠습니다.	300
콘월	내버려 두는 게 최고요, 뜻대로 하니까.	
고너릴	(글로스터에게)	
	백작, 절대로 머물라고 간청하지 마시오.	
글로스터	아 이런, 밤이 오고 있는 데다 큰 바람이	
	세차게 붑니다. 여러 마일 주변에는	
	숲조차 없습니다.	
리건	백작, 고집불통들에겐	305

자기들 스스로 불러오는 피해가
스승이 되어야만 합니다. 문 거세요.
그에겐 무모한 시종들이 딸려 있어
속기 쉬운 귀를 가진 그에게 무슨 일을
부추길지 모르니 두려움이 현명해요.   310
콘월   문을 닫아거시오, 백작, 사나운 밤입니다.
우리 리건 충고대로 폭풍을 피합시다.

(모두 퇴장)

3막 1장

폭풍은 계속된다. 변장한 켄트와 기사 한 명
따로 등장.

켄트   더러운 날씨 말고 게 누구요?
기사   날씨처럼 맘이 아주 불안정한 사람이오.
켄트   당신을 압니다. 국왕은 어디에 계시오?
기사   사나운 자연과 싸우고 계십니다.
바람에게, 땅을 바닷속으로 다 불어 넣든지   5
큰 파도로 육지 덮어 만물을 바꾸거나
멈추게 하라고 명령하고, 맹렬한 강풍이

311행 문을 닫아거시오 글로스터는 왕에 대한 동정심에도 불구하고 콘월의 이
명령을 따른다. (아든)

90

맹목적인 분노로 광포하게 붙잡아
버릇없이 흩날리는 흰 머리칼 뜯으면서
밀고 또 밀리는 비바람의 싸움을   10
소우주의 폭풍으로 이기려 하십니다.
젖먹이는 곰도 쉬고 사자와 굶주린 늑대도
털을 말릴 이 밤에 맨머리로 내달리며
막판이다, 하십니다.

켄트   누가 함께 있지요?

기사   바보 혼자 농담으로 그 가슴의 상처를   15
        씻어 주려 애쓰고 있답니다.

켄트   당신을 잘 압니다,
        그래서 제 관찰을 보증 삼아 당신에게
        중한 일을 맡깁니다. 올버니와 콘월 새에
        분열이 있답니다, 아직은 그 실상이
        서로의 교활함에 가리어져 있지만.   20
        또 그들이 둔 하인들은 (옥좌에 오를 만큼
        높이 뜬 큰 별치고 안 둔 사람 없겠지만)
        하인처럼 보여도 우리 나라 정보를 — 예컨대
        두 공작이 드러내는 노여움과 계략들
        아니면 그들이 착하고 늙으신 국왕을   25

3막 1장 장소 황야.
11행 소우주의 폭풍 리어의 내면세계에서 벌어지는 격렬한 감정의 소용돌이를
가리킨다.

심하게 박대한 일, 혹은 뭔가 더 깊은 일,
이것들은 어쩌면 겉치장에 불과하고—
프랑스에 전하는 첩자들일 뿐이오.
자 이제 당신에게.
만약에 저를 믿고 서둘러 도버로 갈   30
용기를 내기만 한다면 국왕께서 얼마나
비인간적이고 미칠 듯한 슬픔을 호소할
이유가 있는지를 제대로 보고한 당신에게
감사해할 분을 만나실 것입니다.
저 또한 혈통과 교양 갖춘 신사이며   35
상당한 지식과 확신을 가지고
이 임무를 제안하오.

기사   당신과 더 얘기해 보겠소.

켄트   아뇨, 마십시오.
제가 이 겉으로 드러난 모습보다 훨씬 더
낫다는 확증으로 이 지갑을 연 다음   40
안에 든 걸 가지시오. 코델리아를 뵙거든—
못 볼 염려 없지만—이 반지를 보이시오,
그러면 당신이 아직도 모르는 이 사람이
누군지 말해 주실 겁니다. 우라질 폭풍이군.
전 국왕을 찾겠소.

기사   우리 악수합시다.   45
더 하실 말씀은 없습니까?

켄트   거의 다 했소만

무엇보다 중요한 건 국왕을 찾았을 때,

그 일로 당신은 저리 가고 난 이리로,

먼저 보는 사람이 소리치는 겁니다.

(따로 퇴장)

3막 2장
폭풍은 계속된다. 리어와 바보 등장.

리어 바람아 불어라, 뺨 터지게! 사납게 불어라!

하늘과 바다의 폭풍우야, 첨탑들이 잠기고

풍향계가 물에 빠질 때까지 내뿜어라!

참나무 쪼개는 벼락의 선구자,

생각보다 더 빠른 유황색 번갯불아,   5

내 흰머리 태워라! 만물을 뒤흔드는 천둥아,

둥글게 꽉 찬 세상 납작하게 깨부숴라!

조물주의 틀을 깨고 배은의 인간 빚는

모든 씨앗 한꺼번에 엎질러라!

바보 오, 아저씨, 마른 집 안의 알랑방귀 소리가   10

집 밖의 빗물 소리보다 낫다니까. 착한 아저

씨, 안으로 들어가서 딸들의 축복을 구해 봐.

3막 2장 장소 황야.

1행 바람 옛 지도에 그려진 것과 같은 의인화된 바람.

이런 밤엔 현자도 바보도 동정받지 못해.

리어 실컷 울부짖어라! 불 내뿜고 비 쏟아라!

비, 바람, 천둥이나 번개도 내 딸은 아니다. 15

난 너희 자연력을 불친절로 고발 안 해.

왕국을 준 일도, 자식이라 부른 일도 없었고

충성할 일도 없다. 그러니 너희들 맘대로

끔찍이 쏟아져라. 난 너희 노예로 여기 섰다,

불쌍하고 허약하며 경멸받는 노인으로. 20

하지만 너희를 비굴한 앞잡이라 부르겠다,

이처럼 흰머리 늙은이와 싸우려고

하늘에서 소집한 대군을 사악한 두 딸과

합치려고 하니까. 암, 그건 더러워.

바보 자기 머리를 넣어 둘 집이 있는 자는 훌륭한 25
머리통을 가졌어.

　　　머리 집도 구하지 못하면서

　　　　불알 집 찾는 놈은

　　　그 머리 그 몸에 이가 끓고

　　　　계집 많은 거지 되지. 30

　　　심장으로 삼아야 할 부분을

　　　　발가락 삼는 놈은

　　　티눈 박여 슬피 울며

　　　　잠 못 들고 깨 있을걸.

왜냐하면 예쁜 여자치고 거울 앞에서 입을 35
쫑긋거려 보지 않은 여자는 없었으니까.

변장한 켄트 등장.

리어   아냐, 난 모든 인내의 표본이 되리라,
       아무 말도 않으리라.

켄트   게 누구냐?

바보   어이쿠, 여기 왕과 불알 가리개, 즉 현명한 사   40
       람과 바보가 있답니다.

켄트   아 전하, 여기에 계셨어요? 야행성 동물도
       이런 밤은 싫답니다. 분노에 찬 하늘이
       어둠 속을 떠도는 짐승들을 겁주어
       굴 안에 머물게 합니다. 이 같은 떼 벼락,   45
       이렇게 섬뜩한 천둥과 이렇게 포효하는
       비바람의 신음 소린 제가 어른 된 뒤로
       들은 적 없습니다. 인간은 이런 고통, 공포를
       견딜 수 없습니다.

리어   우리들 위에서
       이 무서운 소동을 벌이는 위대한 신들은   50
       지금 적을 찾으시라. 떨리지, 너 이놈,
       폭로 안 된 범죄들을 몸 안에 지니고
       정의의 채찍을 안 맞은 놈. 숨어라, 살인자,

27~34행 머리…있을걸 전반부 4행시에서 바보는 무분별하게 욕망을 쫓는 자
의 위험한 말로에 대해 촌평을 하고 있고, 후반부에서는 중요한 부분을 그
렇지 않은 부분과 혼동하는 또 하나의 가치 전도와 그에 따른 불행을 말하
고 있다. (뉴케임브리지)

위증한 자, 그리고 근친상간하면서
고결한 척하는 자. 죽도록 떨어라,   55
교묘히 감춰진 위선 뒤로 비겁하게
사람 목숨 노린 자야. 밀폐된 죄의식은
벽을 깨고 나와서 이 무서운 포졸들께
자비를 구하라. 난 지은 죄보다는 덮어쓴 게
더 많은 사람이다.

켄트   아 이런, 맨머리로?   60
주상 전하, 가까이에 움집이 있는데
태풍에 대비할 도움을 줄 겁니다.
거기서 쉬시는 동안에 저는 이 무정한 집—
그걸 지은 돌덩어리보다 더 무정하게
바로 좀 전에도 전하를 찾아간 저를 막은—   65
그곳으로 되돌아가 인색한 예우나마
강요해 보렵니다.

리어   내 머리가 막 돌기 시작해.
(바보에게) 애, 이리 와. 애, 넌 어떠냐? 추우냐?
나도 추워. (켄트에게)

　　　　　　　이보게, 그 헛간은 어디 있지?
궁핍이란 이상한 재주가 있어서 천한 것을   70
귀하게 만들 수 있단다. 자, 움집으로.
(바보에게) 불쌍한 바보야, 네 녀석이 가엾단
마음이 아직은 좀 남아 있어.

바보   재주가 쪼끔밖에 없는 자는

96

어야디야, 비바람이 불어도   75
팔자대로 만족하고 살아야지,
날이면 날마다 비가 내리더라도.

리어 맞다, 얘야. 자, 우리를 움집으로 데려가라.

(리어와 켄트 퇴장)

바보 기생 마음 식히기에는 참 좋은 밤이다. 내 가
기 전에 예언 하나 하지.   80

신부들이 실속 없이 말 많을 때
양조업자 맥주 물 타 망칠 때
귀족들이 양복쟁이 가르칠 때
창녀 찾는 배신자만 몸이 썩고
법정의 모든 소송 올바를 때   85
빚진 종자, 궁한 기사 없어지며
험담이 입안에서 못 살고
군중 속에 소매치기 안 보일 때
고리업자 공공연히 돈을 세고
포주와 창녀들이 교회 여럿 지을 때   90
앨비언 왕국은
대혼란에 빠지리라.
그때 살아 볼 수 있는 자들에겐
발로 걷는 시절이 올 것이다.

84행 썩고 사랑하는 사람을 버리고 창녀를 찾아가 성병을 옮은 결과.
91행 앨비언 영국의 또 다른 이름.

이 예언은 마술사 멀린이 할 거야, 난 그에   95
앞서 살고 있으니까.   (퇴장)

3막 3장
글로스터와 에드먼드 횃불 들고 등장.

글로스터 원 참, 원 참, 에드먼드, 난 이런 비인간적인
처사를 좋아하지 않아. 내가 그분을 동정할
수 있도록 허락을 구했을 때 그들은 내 집
사용권을 빼앗았고 영원히 그들의 노여움을
사지 않으려거든 그분에게 말을 걸거나 그분   5
을 위해 간청하거나 또는 어떤 식으로든 보
살펴 드리지 말 것을 명령했다.

에드먼드 아주 사납고 비인간적이군요.

글로스터 맞아. 넌 아무 말도 하지 마. 공작들 사이에
분열이 있단다, 그리고 그보다 더 나쁜 일도.   10
오늘 밤 편지 한 통을 받았는데 얘기하긴 위
험하여 벽장 속에 넣고 잠가 뒀다. 국왕께서
지금 당하고 계신 여러 가지 모욕은 철저히

95행 멀린 아서 왕의 전설에 등장하는 옛 브리튼 왕국의 유명한 마법사이자
예언가.
3막 3장 장소 글로스터의 저택.

되갚아질 거야. 군대의 일부가 이미 상륙했
어. 우린 국왕 편을 들어야 해. 난 그분을 찾   15
아 은밀히 구조하겠다. 넌 가서 공작과 얘기
를 계속해라, 그가 내 자선을 눈치채지 못하
도록. 만약 그가 날 찾으면 아파서 침대로 갔
다고 해. 내가 이 일로 죽는 한이 있더라도
 ─ 바로 그런 협박을 받고 있다만─옛 주군   20
이신 국왕을 구조해야만 되겠다. 이상한 일들
이 벌어지려고 한다, 에드먼드. 제발, 조심해.

                                              (퇴장)

에드먼드   당신에겐 금지된 이런 식의 호의를
         공작에게 곧바로 알릴 테요, 그 편지도.
         이건 포상감인데 아버지가 잃은 걸   25
         내가 얻게 해 줄 거다, 모조리 말이다.
         늙은이가 쓰러질 때 젊은이가 일어선다.

                                              (퇴장)

3막 4장

리어, 변장한 켄트와 바보 등장.

켄트   전하, 여깁니다. 안으로 드시지요, 전하.
      들판의 이 밤은 인간이 견디기엔
      너무 가혹합니다.   (폭풍 계속)

리어	날 내버려 두어라.
켄트	전하, 이쪽으로 드십시오.
리어	내 가슴을 찢고 싶어?
켄트	차라리 제 가슴을 찢지요. 전하, 드십시오. ⁵
리어	너는 이 호전적인 폭풍이 피부까지 침투해

너는 이 호전적인 폭풍이 피부까지 침투해
힘들다고 생각하지. 너에겐 그렇다.
하지만 큰 병이 자리를 잡았을 땐
작은 건 못 느껴. 넌 곰을 피하겠지,
근데 네 도망길이 포효하는 바다라면   10
곰에게 정면으로 맞설 거다. 마음이 편해야
몸이 민감해지는데 내 마음의 태풍은
거기에서 고동치는 자식의 배은망덕,
그 느낌만 빼놓고 모든 감각 앗아 갔어.
그건 마치 음식을 넣는다고 이 입이 이 손을   15
자르는 셈이잖아? 하지만 난 엄벌하리.
그래, 난 울지 않을 테다. 이런 밤에
날 쫓아내? 계속해서 쏟아져라, 견딜 테다.
오늘 같은 밤중에? 오, 리건, 고너릴,
친절한 늙은 아빈 관대하게 다 줬는데.―   20
아, 그럭하면 난 미친다, 그 길은 피하련다.

3막 4장 장소 황야의 움집.
1행 여깁니다 3막 2장 61행에서 말한 움집.
15행 그건 고너릴과 리건의 배은망덕.

그 얘긴 그만하자.

켄트　　　　　　　　전하, 여기로 드시지요.

리어　제발 너나 들어가 휴식을 찾아봐라.
이 태풍은 내가 더 상처받을 일들을
숙고하게 놔두지 않을 거야. 하지만 들겠다.　　　25
(바보에게) 얘, 너 먼저 들어가. 집 없이 가난한—
아냐, 들어가. 난 기도한 다음에 자련다.

　　　　　　　　　　　　　　(바보 퇴장)

(무릎을 꿇는다.)
무정하게 강타하는 이 폭풍을 견디는
불쌍하고 헐벗은 자들아, 너희가 어디 있건
쉴 곳 없는 머리와 먹지 못한 허리와　　　30
숭숭 뚫린 누더기로 이 같은 계절에
어떻게 몸을 보전하느냐? 아, 이런 일에
난 너무 소홀했다. 허식이여, 치료를 받아라,
자신을 노출시켜 가엾은 자들을 느껴라,
그래서 넘치는 건 그들에게 떼어 주고　　　35
하늘이 더 정당함을 보여 줄 수 있도록.

　　　　바보, 움집에서 나오듯이 등장.

에드거　(안에서) 한 길 반, 한 길 반이다! 불쌍한 탐!
바보　여긴 들어오지 마, 아저씨, 귀신 있어. 사람
살려, 사람 살려!

| 켄트 | 내 손 잡아. 게 누구냐? | 40 |

켄트　내 손 잡아. 게 누구냐?　　　　　　　　　　40

바보　귀신이야, 귀신. 이름은 불쌍한 탐이래.

켄트　거기 짚 덤불 속에서 웅얼거리는 건 뭐냐?
　　　이리 나와.

　　　　불쌍한 탐으로 변장한 에드거 등장.

에드거　저리 가, 더러운 악마가 날 쫓아와. 날카로운
　　　　가시나무 사이로 찬바람은 불고. 흠, 넌 침대　45
　　　　로 가서 몸을 데워.

리어　너도 모든 걸 딸들에게 줘 버렸어? 그래서
　　　이 지경이 됐어?

에드거　불쌍한 탐에게 누가 뭘 주나? 더러운 악마가
　　　　그를 불 속으로 화염 속으로, 여울과 소용돌　50
　　　　이 속으로, 습지와 늪지대 위로 몰고 다녔어.
　　　　그의 베개 밑엔 칼을 넣고 의자 위엔 목매
　　　　는 줄을, 죽 그릇 옆엔 쥐약을 놓았다고. 그
　　　　의 마음을 오만으로 부풀려 반 뼘 크기의 다
　　　　리 위를 적갈색 조련마를 타고 건너게 했고,　55
　　　　자기 그림자를 역적이라고 뒤쫓게도 했어. 넌
　　　　정신 차려, 탐은 추워. 오, 덜덜, 덜덜, 덜덜.

37행 한길 반　폭우와 연관시켜서 하는 말. 에드거는 파선했거나 해적들에게
노략질 당한 뱃사람 흉내를 내고 있다. (아든)

회오리바람, 사악한 별 바람과 감염을 조심
해. 불쌍한 탐, 더러운 악마가 괴롭히는 탐에
게 자선 좀 해 줘. 지금 여기에서 놈을 잡을   60
수 있었는데, 그리고 여기, 또 여기, 여기에서.

                          (폭풍 계속)

리어 네 딸들이 널 이렇게 궁지로 몰았어?
      아무것도 안 남겼어? 다 주고 싶었어?

바보 아냐, 담요 한 장은 남겼어, 안 그랬으면 우린
      모두 창피할 뻔했어.   65

리어 (에드거에게)
      자 이제 인간의 죄악 위에 운명처럼
      떠도는 전염병은 다 너의 딸들에게 옮아라.

켄트 전하, 그에겐 딸들이 없습니다.

리어 사형이다, 이 역적 놈! 불효하는 딸들 말곤
      아무것도 기력을 이렇게 죽일 순 없는 법.   70
      버림받은 아비들의 몸뚱이가 이토록
      푸대접받는 게 유행이란 말이냐?
      사려 깊은 벌이로다, 부모 피 빨아 먹는
      펠리컨 딸 낳은 건 이 몸이야.

에드거 핏대 오른 수탉이 암탉 위에 앉았다.   75
        와, 와, 우, 우!

74행 펠리컨 이 새는 새끼들에게 자신의 살과 피를 먹이는 것으로, 그리고 새
끼들은 부모에게 잔인한 것으로 유명하다. (뉴케임브리지)

바보　이 추운 밤에 우린 모두 바보, 미치광이가
　　　　될 거야.

에드거　더러운 악마를 조심하고 부모에게 순종하며
　　　　약속을 올바로 지키고 함부로 맹세하지 말　80
　　　　며, 남자와 혼약 맺은 처녀와 간통하지 말고
　　　　애인에겐 화려한 옷을 입히지 마. 탐은 추워.

리어　넌 뭐 하는 사람이었냐?

에드거　거만한 마음을 가진 연인이었어. 머리를 말
　　　　아 올리고 모자엔 장갑을 달았으며 애인의　85
　　　　마음속에 있는 욕정을 채워 주고 그녀와 어
　　　　둠의 짓을 했었지. 내뱉은 말만큼이나 많은
　　　　맹세를 하고서는 고운 하늘이 무색하게 그것
　　　　들을 깨 버렸으며, 욕정 채울 일을 궁리하며
　　　　잠을 자고 깨어나서는 실천하는 자였어. 포　90
　　　　도주 굉장히 좋아했고 도박 크게 했고 여자
　　　　는 터키인 뺨치게 많았지. 그릇된 마음, 가벼
　　　　운 귀, 피비린 손에다 게으름은 돼지, 도적질
　　　　은 여우, 탐욕은 늑대, 광기는 개, 약탈은 사
　　　　자와 같았어. 신발 끄는 소리나 비단옷 스치　95
　　　　는 소리 때문에 가엾은 네 마음을 여자에게
　　　　넘겨주지 마. 발은 사창가에서, 손은 치마끈
　　　　에서, 펜은 대출 장부에서 멀리 두고 더러운
　　　　악마는 무시해. 가시나무 사이로 언제나 찬
　　　　바람은 불고, 쌩쌩, 횡횡. 자, 자, 준마야, 정　100

지! 그 말 지나가게 해 줘. (폭풍 계속)

리어 벌거숭이 몸으로 극도로 매서운 하늘과 맞
서느니 넌 차라리 무덤 속으로 들어가는 게
낫겠다. 인간이 이것밖에 안 된단 말이냐? 얘
를 잘 관찰해 봐. 넌 누에게 비단도, 동물 105
에게 가죽도, 양에게 양털도, 고양이에게 사
향도 빚진 게 없구나. 하! 여기 우리 셋은 변
질됐어, 넌 물 그 자체이고. 문명을 떨쳐 버
린 인간은 바로 너처럼 불쌍한 알몸의 두발
짐승에 지나지 않아. 벗자 벗어, 빌린 것들 110
을! 자, 여기 단추 좀 끌러 다오.

(옷을 찢어 벗는 것을 켄트와 바보가 제지한다.)

바보 아저씨, 제발 그만. 헤엄치기엔 해로운 밤이
라니까. 그런데 황량한 들판에 보이는 작은
불빛은 늙은 색골의 심장 같아, 몸의 나머지
부분은 다 차가운데도 깜박이는 조그만 불 115
꽃 말이야. 저 봐, 불빛이 이쪽으로 걸어와.

글로스터, 횃불 들고 등장.

에드거 저건 더러운 플리버티지빗 악마야. 놈은 통
금에서부터 첫닭이 울 때까지 걸어 다녀. 백
내장을 옮기고 사팔뜨기 눈과 언청이를 만
들며, 다 익은 밀에 곰팡이를 슬게 하고 땅 120

위의 불쌍한 생명을 해치는 놈이야.

수호성인, 고원을 세 번 돌아

잠 귀신과 그녀 새끼 아홉 만나

내리라 명령하고 약속을 다짐받고

물러가, 마녀야, 물러가, 소리쳤어.   125

켄트   괜찮으십니까, 전하?

리어   저 사람은 뭐냐?

켄트   (글로스터에게) 누구요? 무엇을 찾고 있소?

글로스터   거기 있는 사람들은 누구요? 이름은?

에드거   불쌍한 탐인데 헤엄치는 개구리 두꺼비 올챙   130
          이, 땅 도마뱀과 물 도마뱀을 잡아먹어.—더
          러운 악마가 발광할 때면 광분하여 생채 요
          리로 소똥을 먹기도 하고, 늙은 쥐와 도랑 속
          의 죽은 개를 삼키며 썩은 웅덩이에 뜬 푸른
          찌꺼기를 마시기도 해. 이 마을 저 마을로 채   135
          찍 맞으며 쫓겨 다니고 차꼬를 차기도 하며
          옥에 갇히기도 해.—등에 걸칠 옷은 셋이고
          몸에 걸칠 셔츠는 여섯이며

타는 말과 찰 무기는 있었지만

긴 세월 칠 년 동안 탐의 밥은   140

117행 플리버티지빗 이 악마와 다른 악마들의 이름은 셰익스피어가 하스넷
(Harsnett)의 책에서 빌려 온 것으로 그 괴기한 낯섦을 유지하기 위하여 발음
나는 대로 옮겨 적었다.

생쥐와 들쥐 같은 작은 짐승뿐이었어.

날 따르는 영물을 조심해. 조용해, 스멀킨!

조용해, 이 악마야.

글로스터 아니! 전하께선 이런 동행밖에 없으십니까?

에드거 어둠의 왕자는 신사야. 그의 이름은 모도 그 145
리고 마후야.

글로스터 전하, 우리의 혈육이 너무나 야비해져
낳아 준 부모를 미워하고 있답니다.

에드거 불쌍한 탐은 추워.

글로스터 안으로 드십시오. 따님들의 비정한 명령에 150
복종하는 것만이 제 임무는 아닙니다.
그들은 저에게 문을 걸고 포악한 이 밤이
전하를 덮치게 놔두라는 지시를 했지만
전 위험을 무릅쓰고 전하를 찾은 다음
불과 음식 준비된 곳으로 모시려고 왔습니다. 155

리어 먼저 이 철학자와 얘기 좀 하고 싶다.
(에드거에게) 천둥의 원인은 뭐지요?

켄트   전하,
이분 청을 받아들여 집 안으로 드시지요.

리어 이 테베의 학자와 한마디 나누겠다.
무슨 공부 하시나요? 160

에드거 악마를 예방하고 벌레 잡는 방법을.

142행 스멀킨 영물 혹은 악마의 이름.

리어　사적으로 한마디만 물읍시다.

켄트　(글로스터에게)

나리, 다시 한 번 가자고 졸라 보십시오.

정신이 불안정하십니다.

글로스터　　　　　　　　그게 전하 탓이야?

(폭풍 계속)

딸들이 죽이려 한다고. 아, 착한 켄트,　　　　165

이렇게 될 거라고 말했어, 추방된 그 사람이.

자네는 국왕이 미쳤다고 했지만, 이보게,

나도 거의 미쳤다네. 내 아들 하나가

이젠 의절했지만 내 목숨을 노렸어,

최근에 말일세, 최근에. 난 그를 아꼈어,　　　170

그 어떤 아비보다 더 끔찍이. 사실 난

슬픔으로 정신이 이상해. 이 무슨 밤이야?

(리어에게) 전하께 간청하옵니다.

리어　　　　　　　　　　　아, 죄송하오.

(에드거에게) 고매한 철학자여, 동행해 주시지요.

에드거　탐은 추워.　　　　　　　　　　175

글로스터　이봐 거기, 움집으로 들어가, 몸을 덥혀.

리어　자, 다 같이 들어가자.

159행 테베의 학자　아마도 견유학과 철학자이자 디오게네스의 추종자인 '테베인 크라테스'인 것 같다. 그렇다면 169행의 '훌륭한 아테네인'은 디오게네스 자신일 것이다. (아든)

켄트	전하, 이리로.
리어	함께 간다,
	나는 이 철학자와 항상 함께 있겠다.
켄트	나리, 왕을 달래 이자를 데려가게 하십시오.
글로스터	자네가 데려가게. 180
켄트	애, 이리 와, 우리와 함께 가자.
리어	갑시다, 훌륭한 아테네인.
글로스터	말은 그만, 말은 그만. 쉬.
에드거	어둠의 탑으로 온 소년 기사 롤랑은
	언제나 꼭 같은 암호를 썼었지, 185
	'피 포 펌, 브리튼 사람의 피 냄새다.' (함께 퇴장)

3막 5장
콘월과 에드먼드 등장.

콘월	난 그의 집을 떠나기 전에 복수할 것이다.
에드먼드	공작님, 제가 이렇게 효성을 버리고 충성심
	을 택해서 무슨 욕을 먹을지 생각하면 좀 두
	렵습니다.

184~186행 어둠의…냄새다 엉터리 시구. 아마 『롤랑의 노래』의 주인공 롤랑과
관련이 있는 망실된 가요의 일부일지도 모른다. (아든)
3막 5장 장소 글로스터의 저택.

콘월	이제 알고 보니 단지 자네 형이 악질이라서	5
	그를 죽이려 한 게 아니라 형의 의협심이 그	
	의 괘씸한 악성분에 자극받아 발동한 때문	
	이었군.	
에드먼드	이 얼마나 얄궂은 운명입니까, 의로운 일에	
	자책감을 느껴야 하다니요? 이게 그가 말한	10
	편지인데 그가 프랑스에 유리한 정보를 건네	
	는 첩자임을 증명해 줍니다. 오, 하늘이시여!	
	이런 반역이 없었거나 제가 그걸 간파하지	
	않았으면.	
콘월	나와 함께 공작부인에게 가세.	15
에드먼드	이 편지의 내용이 확실하다면 공작님 눈앞	
	에 큰일이 닥쳤습니다.	
콘월	참이든 거짓이든 이번 일로 자네는 글로스터	
	백작이 되었네. 우리가 즉각 체포할 수 있도	
	록 자네 아비가 있는 곳을 찾아내도록 하게.	20
에드먼드	(방백) 그가 국왕을 도와주고 있는 걸 찾아	
	낸다면 공작의 의심은 훨씬 더 굳어질 것이	
	다. (크게) 이번 일로 제 핏줄과 갈등이 심하	
	더라도 변함없는 충성을 바치겠습니다.	
콘월	난 자네를 신뢰할 것이며 자네는 나의 총애	25
	안에서 소중한 아버지 한 분을 얻을 걸세.	

(함께 퇴장)

3막 6장

변장한 켄트와 글로스터 등장.

글로스터 바깥보단 여기가 나으니 고맙다고 생각하게.
내가 할 수 있는 일은 무엇이든 해서 더 편
안하게 모실 걸세. 곧 돌아오겠네.

켄트 그분의 정신력이 견디다 못해 다 무너졌습니
다. 친절하신 나리께 신들의 보답이 있기를.　　5

(글로스터 퇴장)

리어, 불쌍한 탐으로 변장한 에드거 및 바보, 등장.

에드거 프라테레토 악마가 날 불러 이르기를 네로는
어둠의 호수에서 낚시꾼이었대. 기도해, 순진
한　것아, 그리고 더러운 악마를 조심해.

바보 아저씨, 미친 사람이 신사인지 향사인지 알
아맞혀 볼 테야?　　10

리어 왕이야, 왕.

바보 아냐, 그는 신사 아들을 둔 향사였어. 왜냐하
면 아들이 자기보다 먼저 신사가 되는 꼴을

3막 6장 장소 글로스터 저택 근처의 딴채.
6행 네로 로마를 불태우고 자기 어머니를 죽인 로마 황제.
9행 향사 신사보다 한 계급 아래인 사람. 셰익스피어는 향사였던 아버지에게
신사의 문장을 얻게 해 주었다.

	보는 향사는 미친 사람이거든.	
리어	붉게 타는 쇠꼬챙이 손에 든 일천 악마	15
	획획 날아 그들을 덮치면!	
에드거	더러운 악마가 내 등을 물어.	
바보	늑대의 양순함, 말의 건강, 소년의 사랑이나	
	창녀의 맹세를 믿는 자는 미쳤어.	
리어	그래야지, 그들을 곧바로 심문한다.	20

(에드거에게) 자, 최고 재판관은 여기에 앉으시고

(바보에게) 현자께선 여기에. 그래 이 암여우들—

에드거	저기 서서 노려보는 저 여자 좀 봐! 재판에	
	관중이 필요하세요, 마님?	
	개울 건너 내게 와요, 아가씨.	25
바보	그녀 배가 물이 새,	
	그래서 말을 못 해,	
	왜 감히 네게 못 가는지.	
에드거	더러운 악마가 소쩍새 목소리로 불쌍한 탐	
	을 괴롭혀. 호프단스 악마가 탐의 배 속에서	30
	흰 청어리 두 마리 달라고 소리 지르네. 꾸르	
	륵거리지 마라, 검은 천사야, 너한테 줄 밥은	
	없단다.	
켄트	어떠십니까, 전하? 망연자실 마시고	

29~30행 더러운…괴롭혀 에드거는 소쩍새 목소리를 내는 것이 바보로 변장한
악마인 체한다. (아든)

방석 위에 누워서 좀 쉬시겠습니까? 35

리어   재판을 먼저 연다. 증인들을 데려오라.

(에드거에게)

법복 입은 판관은 자리를 잡으시오.

(바보에게) 그리고 공평한 동료 판사 그대는

그 옆에 좌정하고, (켄트에게) 선임받은 당신도

앉으시죠. 40

에드거   공정하게 처리하자.

자느냐 깨었느냐, 즐거운 목동아,

네 양 떼가 밀밭 속에 있단다.

작은 입 벌리고 세찬 소리 지르면

양 떼는 다치지 않을 거야. 45

야옹, 고양이는 회색이야.

리어   고너릴을 먼저 심문하라, 이 여자는 존경하
는 여러분 앞에서 맹세컨대 불쌍한 국왕인
아버지를 차 버렸습니다.

바보   이리 와요, 아줌마. 이름이 고너릴인가요? 50

리어   부인할 수 없을 거다.

바보   죄송해요, 난 당신이 걸상인 줄 알았어요.

리어   여깄다, 뒤틀린 모습에서 그 마음 됨됨이가
확연히 드러나는 또 한 여자. 붙잡아라!
무장하라, 칼, 횃불, 이 자리도 썩었다! 55
엉터리 판사님들, 왜 여잘 도망치게 두었소?

에드거   넌 정신 차려라.

켄트   아, 슬프다! 그렇게 자주 자랑하시던
        전하의 인내심은 지금 어디 있습니까?

에드거   (방백) 내 눈물이 그를 너무 편들기 시작하여   60
        내 가짜 흉내를 망치네.

리어   작은 개들 모두가
        멍멍이, 흰둥이, 예쁜이가 날 보고 짖어 대.

에드거   탐이 혼내 줄 테다. 썩 꺼져라, 개새끼들!
            흰 주둥이 또는 검은 주둥이,
            깨물면 독 오르는 이빨도   65
            황소 개, 사냥개, 잡종 개,
            털 복숭이, 암놈 수놈 사냥개
            긴 꼬리 짧은 꼬리 개라도
            이 탐이 울부짖게 만들 테야.
            이렇게 내가 혼을 내 주면   70
            문지방 뛰어넘어 다 도망가니까.
        덜덜, 덜덜. 정지! 자, 밤샘 잔치와 장터와 읍
        네 상가로 나아가자. 불쌍한 탐, 네 뿔잔이
        비었어.

리어   다음엔 리건을 해부해서 심장 근처에 뭐가   75
        자라는지 보라고 해. 이런 돌 같은 심장이 생
        기는 무슨 자연적인 이유라도 있나? (에드거
        에게) 이보시오, 난 당신을 내 사람 백 명 가
        운데 하나로 받아들이겠소. 근데 단지 그 복
        장이 마음에 안 듭니다. 당신은 페르시아식   80

114

	이라고 하겠지만 갈아입어요.
켄트	전하, 이제 여기 누워서 좀 쉬시지요.
리어	시끄럽게, 시끄럽게 굴지 마. 휘장을 쳐. 그렇지, 그렇지. 우린 아침에 저녁 먹으러 갈 거야.

(잠든다.)

바보	난 정오에 잠자러 갈 거고.	85

글로스터 등장.

글로스터	이보게, 나의 주군 국왕은 어디 계셔?	
켄트	여기요, 괴롭히지 마십시오, 정신이 나갔어요.	
글로스터	이보게, 제발 왕을 자네 팔에 안게나.	
	이분을 죽이려는 음모를 엿들었어.	
	탈것을 준비해 놨으니 거기 눕혀	90
	도버로 향하게. 그곳에 도착하면	
	환영과 보호를 받을 거야. 안아 올려.	
	반시간만 헛되이 보내면 이분 목숨,	
	자네와 이분을 지키려는 모든 이의 목숨은	

83행 휘장 리어는 자신이 화려한 휘장이 달린 침대 위에서 시종들에게 명령을 내린다고 상상한다. (뉴케임브리지)

85행 난…거고 바보의 마지막 말은 여러 가지 뜻으로 해석할 수 있다. 1)잠을 죽음으로 해석하여 다가오는 바보의 죽음을 예고한다. 2)리어가 실제 세계에서 환각의 세계로 들어감을 뜻한다. 3)바보는 이제 자기 주인을 더 도와줄 수가 없으므로 그를 버릴 의향을 표시한다. (뉴케임브리지)

꼼짝없이 사라져. 어서, 어서, 안아 올려   95
그리고 날 따라와, 여장 갖출 곳으로
곧 인도할 테니까.

켄트   심신이 짓눌려 주무신다.
이번의 휴식으로 당신의 요절난 신경이
아물 수도 있지만 호기를 놓치면
치유하기 어렵겠죠.
                    (바보에게) 자, 네 주인을 같이 모셔.   100
넌 뒤에 남으면 안 된다.

글로스터   자, 어서 가자!

                    (켄트와 바보, 왕을 부축하면서
                    에드거만 남고 모두 함께 퇴장)

에드거   윗분들이 우리 고난 견디는 걸 보노라면
우리의 비참함을 적으로만 볼 수 없다.
혼자서 아플 때는 편한 마음, 복된 모습
되찾지 못하는 게 가장 가슴 아프지만   105
비통함이 짝을 얻고 인내심이 친구 두면
마음은 큰 고통을 진정으로 건너뛴다.
날 굽히게 만든 것이 왕을 굴복시켰으니
이제 내 고통은 참 가볍고 견딜 만하잖은가.
그는 자식, 난 아버지, 같은 처지. 가자, 탐.   110
널 욕하는 못된 생각 정직으로 판명되어
추방은 철회되고 화해 또한 이뤄질 때
중대사를 주목한 뒤 너 자신을 드러내라.

오늘 밤 무슨 일이 더 있든 왕은 잘 피신하길!
숨자, 숨어!   (퇴장) 115

3막 7장

콘월, 리건, 고너릴, 에드먼드 및 하인들 등장.

콘월 (고너릴에게) 부군 공작에게 서둘러 달려가서
이 편지를 보여 주시오, 프랑스군이 상륙했소
이다. (하인들에게) 역적 글로스터를 찾아내라.

리건 즉각 교수형에 처해요!   (하인 몇 명 퇴장)

고너릴 눈을 뽑아 버려요!   5

콘월 그자는 불쾌한 나에게 맡겨 주시오. 에드먼
드, 자네는 우리 처형과 함께 가게, 역심 품은
자네 아비에게 우리가 해야 할 복수를 쳐다보
는 건 적절치 않을 테니까. 가거든 거기 계신
공작에게 급히 서둘러 준비하라고 말씀드려,   10
우리 역시 그렇게 할 테니까. 우리 둘 사이에
빠른 파발마를 두어 정보를 나눌 것이네. 잘
가시오, 처형. 잘 가게, 글로스터 백작.

112행 화해 아버지 글로스터와.
3막 7장 장소 글로스터의 저택.

오즈월드 등장.

그래, 국왕은 어딨느냐?

오즈월드 글로스터 백작께서 호송 조치 했습니다.   15
왕의 기사 서른대여섯 명이 그분 뒤를
화급히 추적하여 대문에서 만났고
백작님의 다른 종자 몇 명과 합류하여
그분과 더불어 도버로 갔는데 거기에는
잘 무장된 우군이 있다고 자랑했답니다.   20

콘월 마님 말을 준비하라.   (오즈월드 퇴장)

고너릴 안녕히 계세요, 공작님, 그리고 동생도.

콘월 잘 가게, 에드먼드. (고너릴과 에드먼드 함께 퇴장)

(하인들에게) 역적 글로스터를 찾아서
도둑처럼 팔을 꺾어 우리 앞에 대령하라.

(하인들 퇴장)

형식상의 정의 없이 우리가 그에게   25
사형은 못 내리나 분노를 만족시킬
권한은 있으니까 사람들이 비난해도
막을 순 없으리라. 누구냐? 역적이냐?

글로스터, 두세 명의 하인들에게 이끌려 등장.

리건 은혜 잊은 여우 같으니라고! 그자예요.

콘월 마른 팔을 꽉 묶어라.

| 글로스터 | 어찌하시려고요? 30 |

친구분들, 제 손님이란 걸 유념하십시오.

추한 짓은 마시오, 친구분들.

| 콘월 | 묶으라고 했다. — |

(하인들이 그의 팔을 묶는다.)

| 리건 | 세게, 세게. 오, 더러운 역적 놈! |

| 글로스터 | 무자비한 부인 같으니라고, 난 아니오. |

| 콘월 | 이 의자에 묶어라. |

(글로스터에게) 악당 놈, 넌 알게 될 — 35

(리건이 그의 수염을 뽑는다.)

| 글로스터 | 신들에게 맹세코 내 수염을 뽑다니 |

참으로 비열한 짓이오.

| 리건 | 이렇게 하얀데, 그렇게 역적이야? |

| 글로스터 | 악한 부인, |

내 턱에서 강탈해 간 그 수염은 되살아나

당신을 고발할 것이오. 난 이 집 주인인데 40

강도의 손으로 친절한 호의를 이렇게

구기지는 마시오. 어떡하실 참이오?

| 콘월 | 자, 프랑스에서 최근에 무슨 편지 받았어? |

| 리건 | 솔직하게 대답해, 사실을 다 아니까. |

| 콘월 | 최근에 이 왕국 땅을 밟은 역적들과 45 |

무엇을 공모했지?

| 리건 | 그리고 그들 손에 |

미치광이 국왕을 보내 줬다. 말하라.

글로스터	추측으로 쓴 편지 한 통을 받았는데
	중립을 지키는 사람이 보냈으며
	적대자는 아니오.
콘월	교활하다.
리건	거짓이고. 50
콘월	국왕을 어디로 보냈지?
글로스터	도버로.
리건	뭣 때문에 도버로? 우리가 엄명을 내리—
콘월	뭣 때문에 도버로? 대답하라 하시오.
글로스터	난 말뚝에 매인 몸, 공격을 받아야지.
리건	뭣 때문에 도버로? 55
글로스터	잔인한 당신 손톱 불쌍한 노인의 눈을 뽑고
	흉포한 당신 언니 기름 부은 옥체를
	곰 이빨로 긁는 꼴 보고 싶지 않아서요.
	바다라도 그분이 지옥같이 검은 밤
	맨머리로 견디었던 그런 폭풍 만났다면 60
	불타는 별들을 솟아올라 껐을 텐데
	불쌍한 노인은 폭우에 눈물을 더하였소.
	그 험한 시각에 늑대들이 문 앞에서 울었대도
	당신은 '문지기야, 열어 줘라.' 해야 했고

54행 난…받아야지 글로스터는 혼잣말로 자신을 곰 놀리기에서 개들의 공격을 받는 곰에 비유하고 있다. 곰 놀리기는 연극 구경과 더불어 당시에 성행하던 놀이였다. (아든)

그 어떤 야수라도 같은 말을 했을 거요.　　65

하지만 난 복수 혼이 그 같은 자식들을

날아가 붙잡는 걸 보고야 말 것이오.

콘월　그건 절대 못 본다. 이봐, 의자를 꽉 잡아.

그 눈알을 이 발로 짓밟아 주겠다.

글로스터　늙어 죽을 때까지 살고 싶은 사람은　　70

날 살려 주시오!―오, 잔인하다! 오, 신들이여!

리건　한쪽이 다른 쪽을 비웃을 테니까―저쪽도.

콘월　복수 혼을 만나거든―

하인 1　　　　　　　　　　그 손을 멈추십쇼.

전 어릴 적부터 공작님을 모셨지만

지금 이 멈추라는 말보다 더 나은 봉사는　　75

해 드린 적 없습니다.

리건　　　　　　　뭐라고, 개자식이?

하인 1　만약에 당신 턱에 수염이 달렸다면

싸우면서 흔들겠소. 어쩌실 겁니까?

콘월　종놈이?　　　　　(둘이서 칼을 뽑고 싸운다.)

하인 1　그렇다면 덤비시오, 어찌 되나 봅시다.　　80

　　　　　　　　(콘월에게 상처를 입힌다.)

리건　(다른 하인에게)

그 칼을 이리 줘. 촌놈이 이렇게 반항해?

　　　　　　　(칼을 받아 뒤에서 그를 찌른다.)

하인 1　오, 난 죽었다. 나리, 한쪽 눈이 남았으니

그에게 해 입힌 걸 보십시오. 오!　　(죽는다.)

콘월	더 못 보게 할 테다. 빠져라 못된 눈깔,
	이제 네 밝은 빛은 어딨느냐? 85
글로스터	다 암울해졌어? 내 아들 에드먼드 어딨지?
	에드먼드, 효성의 온 힘 모아 이 폭거의
	원수를 갚아 다오.
리건	닥쳐라, 역적 놈아,
	자기를 미워하는 사람을 부르다니.
	네놈의 역적모의 고발한 건 바로 그야, 90
	너를 동정하기엔 너무 착해.
글로스터	오 나의 바보짓! 그럼, 에드거가 당했어?
	신들은 저를 용서하시고 걔를 번성시키소서!
리건	(하인에게)
	데려가서 문밖으로 밀어 버려, 냄새 맡고
	도버로 가라고 해. 여보, 어때요? 괜찮아요? 95
콘월	상처를 입었소. 부인, 날 따라오시오.
	(하인들에게)
	눈 없는 그 악당은 쫓아내고 이 노예는
	똥 더미에 버려라. 리건, 난 출혈이 심하오.
	(하인들, 시체 들고 글로스터 함께 퇴장)
	때 아닌 상처를 입었소. 나를 좀 잡아 주오.
	(콘월과 리건 함께 퇴장)
하인 2	저 남자가 잘된다면 사악한 짓이라도 100
	내 맘대로 할 거야.
하인 3	저 여자가 오래 살고

마지막엔 제 명대로 죽음을 맞는다면
여자들은 모조리 괴물이 될 거야.

하인 2 백작 노인 따라가서 미치광이 거지더러
그분이 원하는 곳으로 이끌게 해 주자,   105
떠돌이 광인이니 뭔 짓 해도 괜찮아.

하인 3 가 보게. 난 아마포, 계란 흰자 가져와
피 흐르는 그 얼굴에 붙일 테니. 하늘은
이제 그를 도우소서!   (함께 퇴장)

4막 1장

불쌍한 탐으로 변장한 에드거 등장.

에드거 늘 멸시받으면서 아첨받는 것보다는
이렇게 알면서 멸시를 받는 게 더 낫다.
운명이 포기한 최악의 밑바닥 것들은
언제나 희망 품고 공포 속에 살진 않아.
통탄할 변화는 최상에서 멀어지는 것이고   5
최악은 웃음으로 돌아간다. 그러면 불어라,
내 가슴에 안기는 실체 없는 바람이여,
최악으로 떠밀려 간 비참한 이 몸은
너에게 빚진 게 없단다.

4막 1장 장소 글로스터의 저택에서 좀 떨어진 곳.

노인이 이끄는 글로스터 등장.

근데 이 누구야? 아버지가 초라한 안내자와?　　10
세상, 세상, 오, 세상이여!
기묘한 네 변천이 얄밉지만 않아도
아무도 늙을 사람 없으리라.

노인　　　　　　　　　　　　　　오, 주인 나리!
저는 지난 팔십 년간 나리의 소작인,
나리의 아버지의 소작인이었어요. ―　　15

글로스터　저리 가, 가 보게. 어서 가, 이 친구야.
자네의 도움은 아무 소용 없다니까,
자네를 해칠지도 모른다고.

노인　원 저런, 길을 못 보십니다.

글로스터　갈 길이 없으니 눈은 필요 없다네.　　20
보았을 땐 넘어졌어. 자주 눈에 띄지만
우리는 있으면 자만하고 순전한 결핍도
쓸모가 있는 법. 오, 내 아들 에드거,
속임수에 넘어간 네 아비의 분노의 희생물,
살아생전 널 한 번 만질 수만 있다면　　25
난 눈을 되찾았다 말하리.

노인　　　　　　　　　　　근데 이 누구야?

―――――――――

11~13행 세상이여…없으리라　세상이 워낙 이상하게 변하기 때문에 사람들은
그것이 미워서 늙음과 죽음을 마다 않고 받아들인다.

에드거	(방백) 맙소사! 그 누가 '난 지금 최악이다.'
	할 수 있지?
	난 더 나쁜 적 없었다.
노인	(글로스터에게) 미친 거지 탐이에요.
에드거	(방백) 하지만 더 나빠질 수도 있어. '최악이다.'
	그렇게 말할 수 있는 한 최악은 아니다.
노인	(에드거에게)
	녀석아, 어디 가니?
글로스터	그 사람 거지인가?
노인	미친놈이지요, 거지도 맞고요.
글로스터	정신은 좀 있겠지, 안 그러면 구걸 못 해.
	지난밤 폭풍 속에 그런 녀석 보고 나서
	인간은 벌레라고 생각했지. 그때 내 아들이
	마음에 걸렸지만 녀석과는 못 친했어.
	그 뒤로 많은 걸 들었다. 신들은 인간을
	짓궂은 소년들이 파리 잡듯 다룬다네,
	그들은 장난 삼아 우릴 죽여.
에드거	(방백) 어떻게 이럴 수가?
	슬픔 두고 해야 하는 바보 행각, 좋지 않아,
	양쪽 다 화나니까. (글로스터에게)
	조심해요, 주인님.
글로스터	이게 그 헐벗은 녀석인가?
노인	예, 나리.
글로스터	그럼 자넨 제발 가 봐. 만약에 나를 위해

30

35

40

여기서 도버 읍내 쪽으로 한두 마일
우릴 따라 가겠다면 옛정으로 그래 주고   45
이 헐벗은 영혼에겐 입을 것 좀 갖다 주게,
길 인도를 부탁할 참이야.

노인   저런, 나리, 미쳤는데.

글로스터   광인의 맹인 인도, 이 시절의 재앙이야.
자네는 시킨 대로 하거나 맘대로 해.   50
뭣보다도 어서 가 봐.

노인   내가 가진 젤 좋은 옷 가져다줄 거야,
뭔 일이 일어나든.   (퇴장)

글로스터   이봐, 헐벗은 녀석아.

에드거   불쌍한 탐은 추워. (방백) 더는 못 감추겠다.—   55

글로스터   이리 와, 녀석아.

에드거   (방백) 그래도 감춰야 해.
(글로스터에게) 눈 좀 돌봐, 피가 나네.

글로스터   너, 도버로 가는 길 알아?

에드거   층계, 관문, 승마 길과 도보 길 다 알아. 불쌍
한 탐은 놀라서 정신이 싹 나갔어. 양반집 도   60
련님, 더러운 악마를 조심해요! 다섯 악마가
불쌍한 탐의 몸 안에 한꺼번에 있었는데 욕
정의 오비디컷, 멍청한 왕자 호비디던스, 도
둑질하는 마후, 살인하는 모도, 찡그리고 인
상 쓰는 플리버티지빗이 그들이야. 마지막   65
놈은 나중에 청소하는 아가씨, 아줌마들을

꽉 잡았어. 그러니 조심해요, 주인님.

글로스터 자, 이 지갑을 가져라. 넌 하늘의 저주로

세상 풍파 다 겪는다. 내가 이리 비참한 게

너에겐 복이다. 하늘은 늘 그리하소서!　　　　70

과소유와 쾌락 좇아 당신 명령 홀대하며

자신이 못 느끼면 안 보려는 인간은

당신 힘을 재빨리 느끼게 하소서,

그리하여 넘치는 건 공평하게 분배하고

각자가 충분히 가지도록. 너, 도버 알아?　　　75

에드거 예, 주인님.

글로스터 거기에 높은 머리 굽히고 갇힌 바다

무섭게 내려다보고 있는 절벽이 있단다.

바로 그 끝자락에 날 데려가기만 해,

그러면 궁핍한 네 신세를 고쳐 주마,　　　　80

내가 지닌 귀중한 물건으로. 거기서부터는

날 인도할 필요 없다.

에드거 　　　　　　　　　팔을 이리 주세요,

거지 탐이 인도할 테니까. 　　　　(함께 퇴장)

4막 2장
고너릴, 에드먼드, 그 뒤에 오즈월드 등장.

고너릴 잘 왔어요, 백작. 놀랍군, 순한 우리 남편이

　　　　　　　마중을 안 나와.

　　　　　　　(오즈월드에게) 그래, 주인어른 어딨느냐?

오즈월드　　안에요, 마님. 하지만 그렇게 변할 수가.

　　　　　　　군대가 상륙했단 말씀을 드렸더니

　　　　　　　미소를 지으셨고 마님이 오신다 했더니　　　　5

　　　　　　　'나빠졌군.' 하셨어요. 글로스터의 반역과

　　　　　　　그 아들의 충직한 봉사에 대하여

　　　　　　　통지해 드렸더니 절 멍청이라고 부르며

　　　　　　　거꾸로 짚었다고 말씀하셨습니다.

　　　　　　　최고로 싫으신 건 유쾌하고 좋으신 건　　　　10

　　　　　　　불쾌한 것 같았어요.

고너릴　　　　（에드먼드에게) 그럼, 더 갈 것 없군요.

　　　　　　　이건 감히 책임을 못 지는 그 사람의

　　　　　　　비겁한 공포인데 갚아야 할 모욕이면

　　　　　　　못 본 체하지요. 오면서 말했던 우리 소망

　　　　　　　이뤄질 수 있겠네요. 제부에게 돌아가　　　　15

　　　　　　　그의 징집 서두르고 그 병력을 지휘해요.

　　　　　　　난 집에서 역할 바꿔 남편 손에 바느질을

　　　　　　　넘겨줘야겠어요. 믿음직한 이 하인이

　　　　　　　우리 둘 사이를 오고 갈 것이며 머지않아 ―

―――――――――

4막 2장 장소　고너릴과 올버니의 저택 근처.
1행 잘 왔어요　고너릴은 자신의 성에 온 에드먼드를 환영하는 뜻으로 이렇게
말한다.

128

당신이 자신을 위하여 모험을 하겠다면— 20
애인 명령 들을 거요. 이걸 차요.
                    (목걸이를 걸어준다.) 말은 말고
머리를 숙여요. 이 키스는 만약 말을 한다면
그대의 정기를 하늘로 치솟게 만들 거요.
알아듣고 잘 가요—

에드먼드 열락 속에 죽으리다.   (에드먼드 퇴장)

고너릴   — 참 소중한 글로스터. 25
오, 남자와 남자가 이렇게 다르다니!
여자가 몸 바칠 남자는 당신인데
바보가 내 침대를 점령했소.

오즈월드 마님, 주인님이 오십니다.   (퇴장)

올버니 등장.

고너릴 나도 한땐 휘파람 불 만했죠.

올버니   오, 고너릴, 30
당신은 그 얼굴을 때리는 무례한 바람 속의
먼지만도 못하오. 당신의 성정이 두렵소.
자신의 근원을 경멸하는 성품은
확실한 경계 안에 갇혀 있질 못하오.
자기 몸을 영양분을 공급하는 나무에서 35
잘라 내는 여자는 틀림없이 시들어
땔감으로 사용될 것이오.

고너릴 어리석은 설교는 그만둬요.

올버니 지혜와 선함도 악당에겐 악하게 보이며

　　　개 눈엔 똥만 뵈지. 뭔 짓을 하였소?　　　　　　40

　　　딸이 아닌 호랑이들, 뭔 짓을 저질렀소?

　　　부친이자 자비로운 노인을, 성질난 곰조차도

　　　핥아 드릴 어르신을 최고로 잔학하고

　　　최고로 타락한 당신네가 미치게 만들었소.

　　　착한 내 동서가 그냥 보고 있었소?　　　　　　45

　　　그분 은혜 그토록 입은 사람, 그 공작이?

　　　하늘에서 신령들이 재빨리 내려와

　　　이런 악한 죄상들을 다스리지 않더라도

　　　때가 올 것이요,

　　　깊은 바다 괴물처럼 인류가 스스로를　　　　　50

　　　잡아먹을 수밖에 없을 때가.

고너릴　　　　　　　　　　　　　　간이 작아

　　　때리고 욕하면 뺨과 머리 다 내밀고

　　　명예와 치욕을 식별할 줄 아는 눈을

　　　갖추지 못한 사람. 악당들의 악행을

　　　사전에 처벌하면 바보나 동정한단 사실을　　　55

　　　모르고 있는 사람. 당신 북은 어덨어요?

　　　조용한 이 나라에 프랑스 왕이 깃발 펴고

54행 악당들 고너릴은 자기와 적대하는 리어와 글로스터 그리고 코델리아를
가리키는 것 같다. (아든)

깃털 달린 투구로 위협하고 있는데
바보 같은 도덕군자 당신은 가만 앉아
'그가 왜 그럴까?' 하는군요.

올버니   악마야, 너를 봐라.   60
흉측함이 마귀에겐 어울려도 여자에겐
더 끔찍해 보인다.

고너릴   오, 멍청한 바보 양반!

올버니   변형되어 본성을 감춘 것아, 창피하다,
괴물 같은 모습은 그만둬라. 이 손을
내 피가 끓는 대로 쓰는 게 맞는다면   65
네 살과 뼈마디를 뽑고 찢을 준비는
충분히 되었다만 아무리 악귀라도
여자라는 탈 때문에 보호를 받는구나.

고너릴   어머나, 사나이다우셔라, 야옹!

사자 등장.

올버니   새 소식은?   70

사자   오, 공작님, 콘월 공작님이 죽었어요.
글로스터의 눈 뽑다가 자신의 하인에게
살해당했습니다.

올버니   글로스터의 눈을?

사자   그가 키운 하인이 연민의 가책받아
그 행위에 반대하며 자신의 주인에게   75

칼끝을 돌렸는데 격노한 공작님은
그에게 달려들고 혼전 중 그는 쓰러졌지만
중상을 이미 입으셨는지라 결국에는
목숨을 잃었어요.

올버니   이야말로 위에 계신
당신네 판관들이 지상의 죗값을 신속히   80
갚아 준단 증거다. 근데 오, 불쌍한 글로스터,
남은 눈도 잃었어?

사자   다, 둘 다요, 공작님.
(고너릴에게)
마님, 이 편지에 빨리 답장하십시오.
동생이 보내신 겁니다.

고너릴   (방백) 한편으론 잘됐다.
그러나 과부가 내 글로스터 옆에 있어   85
사랑의 공든 탑이 나의 미운 인생 위로
무너질 수도 있다. 달리 보면 이 소식은
그렇게 떫진 않아.

            (사자에게) 읽어 보고 답하겠다.

올버니 그가 눈을 뺏겼을 때 그 아들은 어딨었지?
사자 마님과 이곳으로 왔습니다.

올버니   여긴 없어.   90
사자 예, 공작님. 돌아가는 그를 제가 만났어요.
올버니 사악한 그 짓을 알고 있어?
사자 예, 공작님, 고발한 건 그이였으니까요.

그러고는 일부러 집을 떠났답니다,

그들이 마음 놓고 벌하도록.

올버니   글로스터,   95

국왕에게 보여 준 충정에 감사하고

눈에 대한 복수는 꼭 하리다. 친구는

이리 와서 아는 걸 더 들려주게. (함께 퇴장)

4막 3장

변장한 켄트와 신사 한 명 등장.

켄트 프랑스 국왕께서 왜 그렇게 갑자기 되돌아갔
는지 이유를 아시오?

신사 나랏일에 무언가 불완전한 게 있었는데 떠
난 뒤에 생각이 났고 그 일은 왕국에 너무나
커다란 공포와 위험을 예고하는지라 국왕이   5
몸소 시급히 귀국하실 수밖에 없었답니다.

켄트 대장으로 누구를 남겨 놓았나요?

신사 프랑스의 라 파 원수요.

켄트 왕비께선 당신의 편지에 자극받아 무슨 슬
픔이라도 표출하셨나요?   10

신사 예. 그녀는 그걸 받아 제 앞에서 읽으셨고

4막 3장 장소 도버 근처.

가끔씩 큰 눈물이 부드러운 뺨 위로
주르르 흘렀죠. 그녀는 그녀의 왕 되려는
참으로 역적 같은 감정을 다스리는
여왕처럼 보이셨죠.

켄트 　　　　　　　　　오 그럼, 감동받으셨나요? 　15

신사 격분까진 안 가셨죠. 인내와 비탄은
최고의 표현 놓고 다퉜는데 해와 비를
한꺼번에 본 것처럼 미소와 눈물은
사이좋은 것 같았죠. 그녀의 익은 입술
그 위를 노니는 행복한 미소는 손님들이 　20
눈에 온 줄 모르는 것 같았는데 그들은
진주가 금강석 떠나듯 떨어졌죠. 한마디로
모두가 슬픔을 그녀처럼 빛낼 수 있다면
진귀한 것으로서 큰 사랑을 받겠지요.

켄트 구두로 질문은 없으셨소? 　25

신사 참, 한두 번 왕비께선 아버지란 이름을
숨 가쁘게 가슴이 짓눌린 듯 발음했고
'언니들, 언니들, 창피해요, 언니들!
켄트, 아버지, 언니들! 뭐, 폭풍 속에, 밤중에?
동정심을 누가 믿어!' 그렇게 외치셨죠. 　30
바로 그때 하늘 같은 눈에서 성수가 떨어져
그 외침을 적셨고 비탄을 홀로 처리하려고
뛰어나가셨어요.

켄트 　　　　　우리들의 성품은

저 별들, 우리 위의 별들이 결정한다.

아니라면 꼭 같은 부부가 그렇게 다른 자식   35

낳았을 리가 없다. 대화는 더 없었나요?

신사   없었어요.

켄트   이것이 국왕의 귀국 전이었소?

신사   아뇨, 후요.

켄트   그런데 지친 왕 리어가 읍내에 머물면서

가끔씩 정신이 맑을 땐 무슨 일로   40

우리가 왔는지 기억하나 따님은 절대로

안 보려 하십니다.

신사   왜 그러시지요?

켄트   압도적인 수치심에 너무 세게 떠밀려서.

그녀를 무정하게, 축복도 안 내리고

외국의 재난으로 내쫓고 소중한 그녀 몫을   45

개 같은 심보의 딸들에게 넘긴 일이

마음을 격렬히 찔러서 불타는 수치심에

코델리아 가까이 못 가시오.

신사   아, 가여운 분.

켄트   올버니와 콘월의 군대 얘긴 못 들었소?

신사   들었지요, 움직이고 있답니다.   50

켄트   자, 우리 주군 리어에게 당신을 데려가서

시중들게 하리다. 난 중요한 이유로

한동안 신분을 감춘 채 지낼 거요.

내가 옳게 알려질 때 당신이 나와 맺은

이 친분을 후회하진 않으실 것입니다.　　　　55
부탁인데 나와 함께 갑시다.　　　　(함께 퇴장)

4막 4장
고수들과 기수들을 데리고 코델리아,
신사, 장교 및 군인들 등장.

코델리아　아 슬프다, 그분이야. 방금 누가 뵀는데
　　　　성난 저 바다처럼 미쳐서 크게 노래 부르며
　　　　무성한 구름 풀, 고랑 잡초, 수레 국화,
　　　　독 당근, 쐐기풀, 황새 냉이, 독 보리와
　　　　주식인 밀밭에 자라는 온갖 잡초 엮은 관을　　5
　　　　쓰셨다 하더구나. (장교에게) 백 명을 내보내라.
　　　　들판의 높은 풀밭 샅샅이 뒤져 보고
　　　　짐 앞으로 모셔 오라. 인간의 지식으로
　　　　그분의 감각 손실 복구할 수 있다면
　　　　도와주는 사람에겐 내 재산을 다 주리라.　　10
　　　　　　　　　　　(장교, 군인들을 데리고 퇴장)
　　신사　마님, 방법이 있습니다.
　　　　우리를 기르고 보살펴 주는 건 휴식인데
　　　　그게 부족하시므로 그런 데 효험 있는

4막 4장 장소 도버 근처의 프랑스군 진영.

136

여러 가지 약초로 격렬한 통증 눈을
잠재울 수 있답니다.

코델리아 이 땅에 숨어 있는 15
신비로운 효능 가진 모든 비밀 약재는
내 눈물로 솟아나라, 착한 분의 고뇌를
협력하여 치유하라. 날뛰는 광기로
넋이 나간 그분 생명 소멸되지 않도록
찾고 또 찾으라.

사자 등장.

사자 마님, 브리튼 군대가 20
이리로 진군한단 소식이 왔습니다.
코델리아 알고 있던 일이다. 배치된 우리 군도
예상하고 기다린다. 오, 사랑하는 아버지,
제가 애를 쓰는 건 아버지의 일이에요.
그래서 프랑스 왕께서는 25
애원하는 제 눈물을 동정하셨답니다.
군대를 일으킨 건 허황된 야심이 아니라
오직 사랑, 소중한 사랑과 늙으신 아버지의
권리 때문이에요. 곧 뵈올 수 있기를.

(함께 퇴장)

<h2 align="center">4막 5장</h2>

리건과 오즈월드 등장.

리건   그런데 형부의 군대는 출발했어?

오즈월드   예, 마님.

리건   형부가 몸소 왔어?

오즈월드   고심하신 끝에요, 마님.
언니분이 더 나은 군인이십니다.

리건   에드먼드 백작은 네 주인과 집에서 대화 않고?

오즈월드   예, 마님.   5

리건   언니가 그이에게 무슨 일로 편지할까?

오즈월드   모릅니다, 마님.

리건   참, 그이는 중한 일로 급히 여길 떠났지.
눈 빠진 글로스터를 살려 둔 건 큰 실수야,
발 닿는 곳마다 민심을 우리에게   10
등 돌리게 만들어. 내 생각에 에드먼드는
그자의 불행을 동정하여 저문 인생
속히 처리하려고 나갔어. 또 적의 세력을
염탐도 해 볼 겸.

오즈월드   편지 들고 그의 뒤를 쫓아가야 합니다.   15

리건   우리 부댄 내일이면 출발해. 여기 있지,

4막 5장 장소 글로스터의 저택.
6행 그이 에드먼드.

	길이 위험하니까.	
오즈월드	그럴 순 없습니다,	
	마님께서 제 임무를 명심하라 하셨어요.	
리건	언니는 에드먼드에게 왜 편지를 썼을까?	
	자네가 그녀 뜻을 말로는 못 전해? 아마도—	20
	뭔지는 모르지만—자네를 총애하마.	
	편지 좀 뜯어 보자.	
오즈월드	마님, 차라리 저더러—	
리건	난 알아, 네 마님은 남편을 사랑 안 해,	
	난 그걸 확신해. 게다가 최근 여기 왔을 땐	
	에드먼드 백작에게 이상한 추파와	25
	대단히 의미 있는 표정들을 보였어.	
	난 알아, 자네는 언니의 신뢰를 받고 있어.	
오즈월드	제가요?	
리건	눈치채고 말한 거야. 받는 걸 난 알아.	
	그래서 정말 충고하는데 이 점을 주목해.	30
	내 남편은 죽었어. 에드먼드와 난	
	얘기를 끝냈고 그는 네 마님보단	
	나에게 더 잘 맞아. 그다음은 추측해 봐.	
	그를 찾아내거든 이걸 꼭 전하고	

34행 이걸 리건이 오즈월드에게 주는 것이 무엇인지는 분명치 않다. 그것은 반지나 그 밖의 정표일 것이며 편지는 아닌 것 같다. 왜냐하면 오즈월드의 주머니를 뒤진 후 에드거가 읽는 편지는 한 통뿐이기 때문이다. (뉴케임브리지)

네 마님은 너에게서 이만큼 듣고 나서   35
제발이지 정신 좀 차렸으면 좋겠어.
그럼 잘 가.
네가 만약 그 눈먼 역적의 소식을 듣거든
놈을 베는 사람은 발탁될 줄 알아라.

오즈월드 만날 수만 있다면 제가 어느 편인지   40
보여 주겠습니다, 마님.

리건   잘 가라.   (함께 퇴장)

4막 6장
글로스터와 농부 차림에 지팡이 든 에드거 등장.

글로스터 바로 그 언덕의 꼭대기엔 언제 닿지?

에드거 오르고 있으셔요. 얼마나 힘든데요.

글로스터 평평한 것 같은데.

에드거   끔찍이 가팔라요.
쉬, 바닷소리 들리세요?

글로스터   안 들려, 정말이야.

에드거 그렇다면 눈의 고통 때문에 그 밖의 감각이   5
둔해졌나 봅니다.

글로스터   정말로 그럴 수도 있겠다.

4막 6장 장소 도버 근처.

근데 넌 목소리가 바뀌고 이전보다
더 나은 내용과 말투로 얘기하는 것 같아.

에드거 현혹되신 거지요, 제 의복 말고는
변한 게 없는데요.

글로스터   말씨가 나아진 것 같아.   10

에드거 자 나리, 여깁니다. 가만 서 계십시오.
저리 깊이 아랠 보니 참 무섭고 어지럽네.
중간쯤에 날고 있는 까마귀, 부리까마귀들은
풍뎅이만 하게도 안 보여요. 저 반쯤 아래로
회향 풀 캐는 자가 걸렸는데, 무서워라!   15
자기 머리보다도 큰 것 같지 않네요.
해변 위를 걷고 있는 고기 잡는 사람들은
쥐처럼 보이고 저 멀리 닻을 내린 큰 배는
작은 배, 작은 배는 식별하기 어려운
부표의 크기로 줄었어요. 수많은 자갈과   20
쓸데없이 부딪히며 웅얼대는 파도 소린
너무 높아 안 들려요. 더는 보지 않겠어요,
머리가 빙빙 돌고 시력이 떨어져
거꾸로 처박히지 않으려면.

글로스터   날 거기 세워 줘.

7~8행 넌…같아 글로스터의 관찰은 옳다. 에드거는 미친 거지 탐의 말씨와 행
동을 버렸고 따라서 그의 말투도 다르다. 그는 이제 운문으로 얘기한다. (뉴
케임브리지)

에드거	손을 이리 주세요. 한 발짝만 더 나가면 25
	낭떠러지 끝이에요. 이 세상을 다 준대도
	저는 뛰지 않겠어요.
글로스터	내 손을 놓아라.
	친구여, 이 지갑도 받아 둬. 안에 든 건
	가난한 이에겐 큰 값의 보석이야. 그걸로
	요정들과 신들이 널 잘살게 해 주길. 30
	뚝 떨어져 인사하고 간단 기척 들려 다오.
에드거	그러면 안녕히 가세요.
글로스터	기꺼이 그러겠다.
에드거	(방백) 이분의 절망을 이렇게 가벼이 다루는 건
	그것을 고치려 함이다.
글로스터	(무릎 꿇고) 오, 막강한 신들이여,
	저는 이 세상을 포기하고 당신들 앞에서 35
	침착하게 큰 고난을 떨치려 합니다.
	제가 더 오랫동안 견디면서 당신들의
	저항 못 할 큰 뜻에 반항하지 않더라도
	제 삶의 역겨운 심지 끝은 타 없어집니다,
	저절로요. 에드거가 살았다면, 오, 축복을! 40
	자, 녀석아, 잘 가라. (넘어진다.)
에드거	갔어요. 잘 가세요.

30행 요정들 감춰진 보석을 지키는 요정들. 그들은 보석을 발견한 사람에게
기적처럼 그 숫자를 늘려 준다는 미신이 있다. (아든)

(방백) 하지만 생명이 스스로 약탈에 응할 땐

상상으로 생명 보물, 내줄지도 모르잖아.

그가 만약 생각했던 그곳에 있었다면

이걸로 갔다는 생각을 했겠다.

(글로스터에게) 살았소, 죽었소?   45

이보시오! 친구분, 들려요? 말해 봐요! ─

(방백) 이렇게 진짜로 갈 수도. 하지만

소생했다. ─

당신은 뭡니까?

| 글로스터 | 저리 가, 죽게 해 줘. |

에드거 당신이 얇은 천, 깃털이나 공기라면 모를까

수십 길 아래로 곤두박질쳤다면 계란처럼   50

박살이 났을 텐데 여전히 숨을 쉬고

무게 있고 피 안 나고 말을 하며 온전하오.

돛대 열을 이어도 당신이 수직으로

떨어진 고도에는 못 미칠 것입니다.

당신 생명, 기적이오. 다시 말해 보시오.   55

글로스터 근데 내가 떨어졌소, 아니오?

에드거 이 백악 절벽의 무서운 정상에서 떨어졌죠.

위를 봐요, 목청 좋은 종달새도 여기까진

안 보이고 안 들려요. 쳐다보시라니까.

글로스터 맙소사, 난 눈이 없소이다.   60

비참한 사람은 죽음으로 자신을 끝장낼

혜택도 못 받나요? 불행한 사람이

폭군의 진노를 자살로 따돌리고
오만한 그의 뜻을 꺾을 수 있다는 건
약간의 위안이었답니다.

에드거   팔을 이리 주시오.   65

일어나요. 어때요? 설 수 있소? 섰군요.

글로스터   너무너무 쉽게요.

에드거   이건 불가사의요.

절벽 꼭대기에서 당신과 헤어진 게

무슨 물체였지요?

글로스터   가엾고 불행한 거지였소.

에드거   제가 이 아래에서 보았을 때 그의 눈은   70

두 보름달 같았어요. 코는 일천 개였고

뒤틀린 뿔들은 격노한 바다처럼 굽이쳤죠.

놈은 악마였으니 운 좋은 아버님은

인간에겐 불가능한 일들로 존경받는

광명한 신들이 지켜 줬다 생각하십시오.   75

글로스터   이제 기억나는군요. 지금부턴 견디겠소,

고난이 '됐다, 됐어.' 외친 다음 스스로

사라질 때까지. 난 당신이 얘기한 그놈을

사람이라 생각했소. 여러 번 '악마다, 악마다.'

그렇게 말하며 그곳으로 날 인도하였소.   80

73행 아버님 에드거는 자신의 정체를 드러낼 위험이 있는 호칭을 쓰지만 글로스터는 그 뜻을 알아채지 못한다. 그는 앞으로 같은 말을 여러 번 쓴다.

에드거   걸림 없는 인내심을 가지세요.

         미친 리어, 들꽃 관을 쓰고 등장.

                              근데 이 누구죠?
         온전한 정신으로 자신을 저렇게 꾸미진
         절대로 않을 거다.

리어   안 되지, 금화를 찍었다고 날 건드릴 순 없
         지. 내가 바로 국왕이야.   85

에드거   오, 가슴 찢는 광경이다!

리어   그 점에선 자연이 기술보다 위야. 모병 자금
         여있다. 저 친구는 활을 허수아비처럼 다루
         는군. 끝까지 당겨 봐. 저 봐, 저 봐, 생쥐야.
         쉿, 쉿, 이 튀긴 치즈 한 조각이면 될 거야.   90
         내 도전장 받아라, 거인과 맞선대도 증명하
         겠다. 창수들을 데려와라. 오, 잘 날았다, 매
         야, 적중했다, 적중했어! 휴우! 암호를 대라.

87행 그…위야 리어는 에드거의 말에 반응하여 자연은 인공(예술)보다 가슴
찢는 광경을 더 많이 보여 줄 수 있다고 말할 수도 있고, 아니면 신의 권능
을 부여받은 자연(조물주)의 자격으로 돈을 찍는 자신이 가짜 돈을 찍는
인공(기술)보다 낫다고 말할 수도 있다. 미친 리어의 말은 166행에서 에드
거가 지적하듯이 의미와 무의미가 뒤섞여 있다. (아든)
90행 될 거야 잡을 수 있을 거야.
92~93행 오…적중했어! 매는 날아가는 도중에 화살로 바뀌는 것 같다.

에드거	향기로운 박하.
리어	통과.
글로스터	내가 아는 목소리다.
리어	하! 흰 수염 난 고너릴? 그들은 나에게 개같

에드거 향기로운 박하.

리어 통과. 95

글로스터 내가 아는 목소리다.

리어 하! 흰 수염 난 고너릴? 그들은 나에게 개같
이 아첨하며 내 턱에 검은 털이 나기도 전에
흰 털이 났다고 했어. 내가 '그렇다, 아니다.'
라고 하는 모든 것에 '예, 예.'라고 하는 건 올 100
바른 신학이 아니었어. 비가 내려 날 적시고
바람이 날 덜덜 떨게 했을 때, 천둥이 내 명
령에 입 다물지 않았을 때 난 그들을 알아봤
지, 냄새를 맡았어. 그들 말은 믿을 게 못 돼.
그들은 내가 전능하다고 했지만 거짓말, 난 105
오한도 못 막아.

글로스터 저 목소리, 저 억양, 너무 잘 기억난다.
국왕이 아니신지?

리어 암, 속속들이 왕이다.
내가 노려보니까 백성들이 떠는 거 봐.
저자를 살려 준다. 죄목이 뭐라고? 110
간통이야?
죽이지 않겠다. ―간통으로 죽는다? 아냐!
굴뚝새도 그 짓 하고 조그만 쉬파리도

99~101행 내가…아니었어 이 부분은 마태복음 5장 36절과 37절의 내용에서
암시받았을 가능성이 있다. (뉴케임브리지)

눈앞에서 간음한다. 성교를 장려하라,
글로스터의 서자가 적법한 내 딸들보다   115
자신의 아비에게 더 친절했으니까.
욕정아 난교하라, 난 군인이 필요하다.
선웃음 치는 저 부인 좀 봐,
가랑이 사이의 얼굴은 찬 눈을 예고하고
정숙한 채 내숭 떨며 쾌락 얘기 들으면   120
고개를 막 젓지만—
방탕한 색욕으로 그 짓을 하는 데는 족제비
도 살 오른 말도 못 당해. 그들은 허리 아래
로는 짐승이야, 그 위로는 다 여자지만. 허리
띠까지만 신들이, 그 아래는 모조리 악마들   125
이 소유했어. 거기엔 지옥이, 어둠이, 유황불
구덩이가 있어, 타고, 지지고, 악취, 부패! 풰,
풰, 풰! 파, 파! 사향 한 숟갈만 줘라, 약제사
야, 내 상상력을 향기롭게 하련다. 돈 여있다.

글로스터	오, 그 손에 입 맞추게 해 주시오! 130
리어	닦기부터 합시다, 죽음 냄새 나니까.
글로스터	오, 파괴된 대자연의 걸작이여, 이 우주도
	그렇게 무너지리. 저를 아시겠어요?
리어	그 눈을 아주 잘 기억해. 날 삐딱이 쳐다봐?

119행 가랑이 얼굴 여자의 음부.
132행 대자연의 걸작 리어 왕.

	멋대로 해, 눈먼 큐피드, 난 사랑 않을래.	135
	이 도전장 읽어 봐, 필체를 잘 보라고.	
글로스터	글자가 다 해라도 한 자도 못 봅니다.	
에드거	(방백) 얘기 듣곤 믿지 않았겠지만 실제니까	
	내 가슴이 찢어진다.	
리어	읽어 봐.	140
글로스터	아니, 이 눈구멍으로요?	
리어	오 호, 그렇단 말이지요? 당신 머리엔 눈알	
	이 없고 지갑 속엔 돈이 없어요? 당신 눈은	
	무거운 처지에, 지갑은 가벼운 처지에 있네	
	요, 그래도 세상 돌아가는 모습은 보는군요.	145
글로스터	그건 느낌으로 봅니다.	
리어	뭐야, 미쳤어? 눈이 없어도 세상 돌아가는	
	건 볼 수 있어. 귀로 보란 말이야. 저기 저 재	
	판관이 저기 저 좀도둑에게 얼마나 호통치고	
	있는지 봐. 잘 들어. 자리를 바꾸면, 짚어 봐,	150
	누가 재판관이고 누가 도둑놈이지? 넌 농부	
	의 개가 거지에게 짖는 걸 본 적 있지?	
글로스터	예, 전하.	

135행 눈먼…큐피드 큐피드는 사창가의 표지판을 장식했다고 한다. 눈에 붕대
를 감은 글로스터는 리어에게 사창가의 사랑을 연상시킨다. (뉴케임브리지)
150행 짚어 봐 리어는 어느 손에 들어 있는지 알아맞히는 놀이를 흉내 내고
있다.

리어	또 녀석이 개를 피해 도망치는 것도. ―넌 거
	기에서 권위의 위대한 모습을 볼 수 있었어. 155
	지위 있는 개는 사람도 복종해.
	너 이놈 형리야, 피비린 손 멈추어라!
	그 창녀를 왜 때려? 옷 벗으면 너란 놈도
	채찍 치는 이유와 꼭 같은 욕망에 그녀를
	뜨겁게 쓰려 한다. 고리업자, 사기꾼을 목맨다. 160
	넝마 옷 사이로는 작은 악덕 보이지만
	법복과 털외투면 다 덮여. 죄에다 금칠하면
	정의의 강한 창도 힘 못 쓰고 부러지나
	누더기로 무장하면 난쟁이의 밀짚도 뚫는다.
	아무도 죄가 없다, 없다 없어. 복권하마. 165
	내 말 들어 이 친구야, 고소인의 입을 막을
	힘이 내겐 있으니까. 넌 유리 눈 해 넣고
	치사한 모사꾼처럼 보지도 못하는 걸
	마치 보는 것처럼 해. 자, 자, 자, 자,
	장화를 벗겨라. 더 세게, 더 세게. 그렇지. 170
에드거	(방백) 오, 의미와 무의미가 뒤섞이고
	광기 중에 분별력이 있구나.
리어	내 운명에 울려거든 내 눈을 가져가게.
	자네를 아주 잘 안다네, 이름은 글로스터.

160행 고리업자…목맨다 당시에는 고리업자들이 존경을 받았고 목사들과 시인
들의 반대에도 불구하고 치안 판사와 같은 공직에 임명되었다. (뉴케임브리지)

참아야 해. 우리는 울면서 여기 왔어,　　　　175
알다시피 공기 냄새 처음으로 맡았을 때
앙앙대며 울었어. 설교할 테니까 잘 들어.

글로스터　아아, 슬픈 날이다!

리어　넓고 넓은 바보들의 무대로 나왔다고
우리는 태어날 때 운다네. 이거 좋은 모잔데.　　180
이 천으로 말에게 신발을 만들어 신기면
기막힌 계략이 될 거야. 시험 한번 해 보고
요 사위 놈들에게 조용히 다가간 다음에
죽여, 죽여, 죽여, 죽여, 죽여, 죽여!

신사, 시종 둘과 함께 등장.

신사　아 여기 계신다, 이분을 붙잡아라.　　　185
전하, 귀하신 따님께서 —

리어　안 구해 줘? 뭐, 죄수야? 나야말로 운명의
노리개로 태어났다. 나를 잘 대접해 줘,
몸값을 챙길 테니. 의사를 불러 줘,
머리가 찢어졌어.

신사　　　　　　　뭐든 해 드리겠습니다.　　190

리어　보조 없어? 나 혼자야?
허, 이러다간 사람이 짠 눈물 사람이 되겠어,
두 눈알은 정원의 물 단지로 써먹고.
암, 가을의 먼지도 잠재우고.

신사 　　　　　　　　　　　　전하,

리어 난 말쑥한 신랑처럼 용감하게 죽겠다. 195

뭐라고? 당당하게 굴 거야. 자, 자,

난 왕이오, 여러분, 그건 알고 계시지?

신사 당신은 왕이시고 저흰 복종합니다.

리어 그렇다면 희망 있어. 자, 붙잡고 싶으면

뛰어야 잡을 거야. 여기, 여기, 여기, 여기. 200

　　　　　　(뛰면서 퇴장. 시종들 뒤따른다.)

신사 최하층민이라도 정말 딱한 광경인데

왕이야 더 할 말 있으랴. 둘이서 불러온

인류의 원죄를 속죄하는 딸 하나가

당신께 있습니다.

에드거 　　　　　　　　나리, 복 많이 받으십쇼.

신사 가호를 빕니다. 용건은?

에드거 　　　　　　　　다가올 전투 얘기 205

들으신 게 있는지요?

신사 　　　　　　　명확한 상식이오.

목소리만 분간하면 누구나 듣지요.

에드거 하지만 죄송하나 다른 군댄 가깝나요?

신사 가깝고도 발이 빨라 주력 부대 발견은

매시간 예상되오.

202행둘 그 첫 번째 '둘'은 아담과 이브이지만 여기에서는 그들에 앞서 좀더
직접적으로 두 여자, 고너릴과 리건을 말한다. (아들)

| 에드거 | 고맙습니다, 나리. | 210 |

그것뿐입니다.

| 신사 | 왕비께선 특별한 이유로 이곳에 계시지만 |

그녀의 군대는 이동했소.

| 에드거 | 고맙습니다, 나리. |

(신사 퇴장)

| 글로스터 | 늘 친절한 신들이여, 제 목숨 맡으소서. |

악귀가 또 유혹하여 천명 없이 죽지는   215

않도록 하소서!

| 에드거 | 기도 잘하셨어요, 아버님. |

| 글로스터 | 그런데 당신은 누구시오? |

| 에드거 | 대단히 불쌍하며 운명의 타격에 길들고 |

슬픔을 겪고 또 느낀 결과 올바른 동정을

베풀려는 사람이오. 손을 이리 주시오,   220

묵을 데로 모시리다.

| 글로스터 | 진심으로 고맙소. |

하늘의 포상과 축복이 그대에게 내리고

또 내리길.

오즈월드 등장.

| 오즈월드 | 현상범이구나. 운수대통이다! |

눈 빠진 그 머리는 내가 출세하라고 뭉쳐진

최초의 살덩이다! 불행한 노 역적아,   225

짧게 죄를 뉘우쳐라. 너를 파멸시켜야 할
칼은 이미 뽑았다.

글로스터   그럼, 우정 어린 그 손에
힘을 잔뜩 넣으시오.

오즈월드   불손한 촌놈아,
공포된 역적 편을 왜 드느냐? 물러나,
그자의 악운이 너에게 옮겨 붙어   230
같은 꼴 되지 않으려거든. 그 팔 놔라.

에드거 안 놀 거시여, 행씨, 다른 이유 업스믄.

오즈월드 놔, 노예야, 안 그럼 넌 죽는다.

에드거 착한 신사 양반, 갈 길 가시고 촌놈들 지나가
게 해 주슈. 기렇게 으름장 논는다고 이 목숨 235
끝날 기라면 한 보름도 못 살았을 것이라요.
아이, 노인 가까이 오지 마슈. 학실이 하것는
디 떨어지라우. 아이면 당신 골통이 센지 내
작대기가 센지 볼 기라요. 여러 말 하지 안
컷시오.   240

오즈월드 비켜라, 똥 더미야. (그가 칼을 뽑고 둘이 싸운다.)

에드거 이빨 빼놀 거여, 행씨. 덤비요, 찔러 밧자지.
                    (오즈월드가 쓰러진다.)

오즈월드 쌍놈아, 네가 날 죽였어. 야, 지갑이다.
언젠가 잘살게 되거든 나를 묻고
내 몸에서 찾아내는 편지를 에드먼드,   245
글로스터 백작에게 전해라. 영국군 편에서

그분을 찾아내라. 오, 때 이른 죽음, 죽음!

(죽는다.)

에드거   난 너를 잘 알아. 부지런한 악당이지,

불량한 소원만큼 네가 섬긴 여주인의

악덕에 충실했어.

글로스터   뭐, 그자가 죽었소?   250

에드거   앉으시죠, 아버님. 쉬세요. ―

주머니를 뒤져 보자. 그가 말한 편지가

도움 될지 모른다. 죽었구나. 처형자가

달리 없어 미안할 뿐이다. 어디 보자,

봉인아 실례한다. 예법도 나무라지 마시라.   255

적들의 마음을 알고자 심장도 찢는데

그들의 편지쯤은 더 합법적이지.

(편지를 읽는다.) '주고받은 우리의 맹세를 잊

지 말아요. 당신이 그를 해치워 버릴 기회는

많이 있고 의지가 모자라지 않는다면 시간   260

과 장소 또한 효과적으로 제공될 거랍니다.

그가 승리하여 돌아오면 만사 헛일이에요.

그럼 난 죄인이고 그의 침대는 내 감옥이니

나를 그 역겨운 온기에서 구해 주고 수고한

대가로 그 자리를 채우세요. 당신의 (아내라   265

고 말하고 싶은) 애정 깊은 하녀, 고너릴.'

오, 한없이 펼쳐지는 여자의 욕정이여!

덕 높은 남편의 목숨과 내 동생을

바꾸겠단 계략이다. 여기 이 모래밭에
살인 호색가들의 불경스러운 파발꾼   270
네놈을 묻어 놓고 때가 무르익으면
무례한 이 편지로 살해의 표적인 공작 눈을
번쩍 띄게 하리라. 네 죽음과 이 음모를
전해 줄 수 있는 게 공작에겐 다행이다.

(시체를 끌고 퇴장)

글로스터 국왕은 미쳤는데 내 몹쓸 감각은   275
얼마나 무디기에 선 채로 거대한 슬픔을
의식한단 말인가? 혼 빠진 게 더 낫겠다,
그러면 내 생각은 슬픔과 분리되어
망상으로 생겨난 비탄 그 자체를
알지 못할 테니까.   (멀리서 북소리)

에드거 등장.

에드거   손을 이리 주세요.   280
멀리서 북소리가 들리는 것 같습니다.
자, 아버님을 친구 집에 모시겠습니다.

(함께 퇴장)

4막 7장

코델리아, 변장한 켄트 및 신사 등장.

코델리아   오, 착한 켄트! 난 어떻게 살고 또 노력해야
공만큼 착해지죠? 내 삶은 너무 짧고
어떻게 비교해도 난 모자랄 테지요.

켄트   마마, 인정받는 것만도 과분한 상입니다.
제 모든 보고는 꾸밈없는 진실이며   5
더도 덜도 아닙니다.

코델리아   더 잘 입으시오.
이런 옷은 험한 때를 기억나게 합니다.
제발, 벗으시오.

켄트   마마, 용서해 주십시오.
알려지면 제 계획에 지장이 있습니다.
적절할 때까지는 모르는 체해 주시길   10
간청하는 바입니다.

코델리아   그러지요, 켄트 공.
        (신사에게) 국왕께선 어떠신가?

신사   마마, 아직 주무십니다.

코델리아   오, 친절하신 신들이여!
학대받아 크게 다친 이분 심신 고치소서.   15
자식이 바꿔 놓은 아버지의 불화하는 감각을

4막 7장 장소 도버 근처의 프랑스군 진영

오, 조율해 주소서.

신사   왕비께서 좋으시면
왕을 깨워 드릴까요? 오래 주무셨습니다.

코델리아 자신의 지식을 따르고 자신의 뜻대로
진행토록 하게나. 옷은 입혀 드렸는가?   20

하인들이 나르는 교자에 탄 리어 등장.

신사   예 마마. 깊은 잠에 드셨을 때 저희들이
새로운 의복으로 갈아입혀 드렸어요.
왕비 마마, 깨울 때 옆에 서 계십시오,
틀림없이 정상이실 것입니다.

코델리아   그러겠네.

신사   가까이 오십시오. 음악을 크게 하라.   25

코델리아 오, 사랑하는 아버지, 회복의 약 기운을
제 입술에 싣고서 당신께 입 맞추니
두 언니가 지존께 입혔던 격심한 피해가
지워지기 바랍니다.

켄트   다정하신 공주 마마!

코델리아 자기들 아버지가 아니어도 이 백발은   30
동정심을 일으켰을 것이다. 이 얼굴로
싸움 거는 바람과 맞서셨단 말이에요?
강렬하고 무서운 천둥에 대항하셨어요?
최고로 끔찍하고 민첩한, 찢으며 내려치는

빠른 번개 속에서. 불쌍한 보초처럼   35
맨머리로 경계를 서셨어요? 그런 밤엔
나를 깨문 적의 개도 난로 곁에 뒀을 텐데
불쌍한 아버진 돼지와 처량한 떠돌이와
썩은 밀짚 얇게 깔린 움집에서 기꺼이
함께 묵으셨어요? 맙소사, 맙소사!   40
영육이 한꺼번에 요절나지 않았다니
놀라운 일이군요. 깨셨네. 말 건네게.

신사   마마께서. 가장 적격이십니다.

코델리아   어떠세요, 국왕 전하? 전하께선 어떠신지?

리어   무덤에서 날 꺼낸 건 잘못한 일이오.   45
그대는 열락 속의 영혼이나 이 몸은
불 수레에 매달려 눈물이 납 물처럼
나를 지지는구려.

코델리아   전하, 저를 아시는지요?

리어   천사라고 알고 있소. 어디서 죽었나요?

코델리아   여전히, 여전히 멀리 계셔.   50

신사   아직 덜 깨셨으니 잠시 홀로 두시지요.

리어   난 어디 있었지? 여기는 어디고? 대낮이야?
난 몹시 당했어. 나 같은 사람 보면
가엾어 죽고 말 것이다. 할 말을 모르겠네.

46~48행 그대는…지지는구려 리어는 자기 딸 코델리아는 천국에 있고 자기는
지옥에 떨어진 자의 여러 고문 가운데 한 가지를 받고 있다고 상상한다. (아
든)

이게 내 손이라고 장담 못 해. 어디 보자.—   55
찌르니까 아프구나. 내 상태가 어떤지
확신할 수 있었으면.

코델리아   (무릎 꿇고) 오, 절 바라보세요, 전하,
그리고 손을 들어 축복해 주세요!

           (무릎을 꿇으려는 그를 말린다.)
꿇으시면 안 됩니다.

리어   제발 날 놀리지 마시오.
난 대단히 어리석고 멍청한 노인이오,   60
한 시간도 안 빼놓고 팔십이 넘었소.
그리고 솔직히 말하면
온전한 정신이 아닐까 봐 두렵소.
당신과 이 사람을 알아봐야 하는 건데
그게 의심스럽소, 이곳이 어딘지   65
도무지 모르겠고 내 모든 재주를 다해도
이런 옷은 기억에 없으며 간밤에 묵은 곳도
모르기 때문이오. 비웃지 마시오,
내가 남자이듯이 이 부인은 내 자식
코델리아 같으니까.

코델리아   맞아요, 저예요, 저.   70

리어   눈물에 젖었느냐? 그렇구나. 울지 마라.
나에게 독약을 준대도 마시겠다.

64행 이 사람 카이우스로 변장한 켄트.

날 사랑 않는 줄 알고 있어. 언니들은
분명히 기억건대 나에게 잘못했어,
이유 없이, 너는 좀 있지만.

코델리아 　　　　　　　　　　　없어요, 없어요. 　　75

리어 프랑스에 있는가?

켄트 　　　　　　전하의 왕국에 계십니다.

리어 속이지 마.

신사 걱정하지 마십시오, 마마. 큰 광기는
보셨듯이 죽었지만 잃어버린 시간을
다 찾아 드리는 건 아직 위험합니다. 　　80
듭시라고 권하고 더 안정될 때까진
성가시게 마십시오.

코델리아 　　　　　　전하, 걸어 보시겠어요?

리어 날 참아 줘야 해. 제발 잊고 용서해라,
난 늙고 어리석다.

　　　　　　　　　(켄트와 신사만 남고 함께 퇴장)

신사 보시오, 콘월 공작이 그런 식으로 살해됐다 　　85
는 건 사실입니까?

켄트 확실합니다.

신사 그의 백성들의 지휘관은 누구지요?

켄트 소문대로 글로스터의 서자랍니다.

신사 들리는 얘기로는 그분의 추방된 아들 에드 　　90
거가 켄트 백작과 함께 독일에 있답니다.

켄트 소문은 변할 수 있지요. 주위를 살펴볼 때입

니다. 왕국의 군대들이 빠르게 다가오고 있어요.

신사   결전은 아마도 피비린내 날 것 같습니다. 안   95
녕히 계십시오.   (퇴장)

켄트   내 목숨과 목표는 오늘의 전투가
승리냐 패배냐에 전적으로 달려 있다. (퇴장)

5막 1장
고수 및 기수들과 함께 에드먼드, 리건,
신사들 및 군인들 등장.

에드먼드   (한 신사에게) 공작님께 최근의 결심이 그대론지
그 뒤로 무언가에 설득당해 방침을
바꿨는지 알아보라. 변심과 자책감에
푹 빠져 계신다. 그분의 결단을 알아 오라.

(신사 퇴장)

리건   언니네 사람은 분명 변을 당했어요.   5

에드먼드   그게 두렵습니다, 마님.

리건   자, 백작님,
당신께 베풀려는 내 선심은 알고 있죠?
말해 봐요 진실되게, 오로지 진실만을.

5막 1장 장소 도버 근처.

언니를 사랑하죠?

에드먼드　　　　　　　　　　떳떳한 사랑을 합니다.

리건　하지만 형부만의 금단의 구역으론　　　　　　10
　　　한 번도 안 갔나요?

에드먼드　　　　　　　　　　욕된 생각이십니다.

리건　난 당신이 언니와 가슴으로 합일하여
　　　송두리째 그녀 것이 되었을까 두려워요.

에드먼드　명예 걸고 아닙니다.

리건　난 언니를 절대로 못 참아요. 백작님,　　　15
　　　그녀와 친하지 마세요.

에드먼드　　　　　　　　　　걱정 마십시오. ―

　　　고수 및 기수들과 함께 올버니, 고너릴 및
　　　　　　　　군인들 등장.

언니와 언니 남편 공작이오.

고너릴　(방백) 저 동생이 그와 나를 갈라놓게 하느니
　　　전투에 지는 게 더 낫겠다.

올버니　대단히 사랑하는 짐의 처제, 잘 만났소.　　20
　　　이보게, 듣기로는 국왕이 우리의 학정에
　　　반대할 수밖에 없었던 자들과 더불어

10행 금단의 구역　고너릴의 침대는 간음을 금하는 계율에 따라 출입이 금지
된 곳이다.

딸에게 갔다 하네. 난 정직할 수 없을 땐
절대로 용감하지 않았지만 이번 일엔
마음이 움직이네. 프랑스가 국왕과 더불어 25
참으로 정당하고 심각한 이유로
우리와 맞선다고 염려되는 자들을
격려만 하지 않고 우리 땅을 범하니까.

에드먼드　고상한 말씀이오.

리건　　　　　　　　　그런 걸 왜 따져요?

고너릴　적군에 대항하여 하나로 뭉칩시다, 30
집안의 사적인 말다툼은 여기에서
중요치 않으니까.

올버니　　　　　　　그렇다면 노장들과
우리의 작전을 짜 보도록 합시다.

에드먼드　공작님 막사로 곧 동행하겠습니다.

리건　언니, 우리와 함께 가지? 35

고너릴　아니.

리건　그게 가장 적절해. 제발 우리 함께 가.

고너릴　아하, 그 수수께끼를 알겠어. 갈게.

(에드먼드, 리건, 고너릴 및 양쪽 군대 함께 퇴장)

올버니가 나갈 즈음 변장한 에드거 등장.

에드거　이렇게 불쌍한 사람과 얘기해 보셨다면
한마디만 들으시죠.

올버니	(자기 군인들에게) 곧 따라잡겠다.
	(에드거에게) 말하라. 40
에드거	전투가 있기 전에 이 편지를 여십시오.
	승리하면 그것을 가져온 사람을 부르는
	나팔을 부십시오. 제가 비록 초라해 보이지만
	거기에서 주장한 걸 입증해 줄 투사를
	내놓을 수 있습니다. 만약에 패한다면 45
	이 세상 당신 일은 그렇게 끝나고
	음모도 중단될 것입니다. 무운을 빕니다.
올버니	다 읽을 때까지 남으라.
에드거	금지된 일입니다.
	때맞춰 전령에게 명령만 내리시면
	전 다시 나타날 것입니다. (퇴장) 50
올버니	그럼, 잘 가라. 글은 읽어 보겠다.

에드먼드 등장.

에드먼드	적군이 보입니다, 병력을 모으시죠.
	(문서를 주면서)
	여기에 주의 깊은 정찰로 추산해 낸
	적의 실제 군세가 있습니다. 하지만
	서두서야 합니다.
올버니	시의에 따르겠네. (퇴장) 55
에드먼드	난 두 자매 모두에게 사랑을 맹세했고

그들은 독사에 물린 자가 독사 보듯
서로를 경계한다. 이들 중 누구를 가질까?
둘 다? 하나만? 다 버려? 둘 다 살면
어느 쪽도 못 갖고 놀겠지. 과부를 가지면   60
언니인 고너릴이 약 올라 미칠 테고
그 남편이 살았으니 내 약속을 이행하긴
대단히 힘들 거다. 그럼 그의 권위는
전투에만 이용하고 상황이 끝나면
없애고 싶어 하는 그녀더러 신속히 제거할   65
수단을 찾게 하자. 리어와 코델리아에게
그가 베풀 작정인 자비는 전투가 끝나고
그들이 우리 손에 떨어지면 사면으로
절대 연결 안 될 거다. 왜냐하면 내 지위는
따져 볼 게 아니라 지켜야 할 것이니까.   (퇴장)   70

5막 2장

안에서 경종. 고수 및 기수들과 함께
리어, 코델리아, 군인들이 등장한 다음
무대를 가로질러 함께 퇴장.

농부 차림의 에드거와 글로스터 등장.

에드거 여기요, 아버님, 이 나무 그늘을

훌륭한 피난처 삼으시죠. 옳은 편이 흥하도록
기도해 주십시오. 제가 다시 돌아오면
위안을 가져다 드리죠.

글로스터   은총이 함께하길.

(에드거 퇴장)

안에서 경종 및 퇴각. 에드거 등장.

에드거 갑시다, 노인, 손을 이리 주세요, 어서요!   5
리어 왕이 패했고 딸과 함께 잡혔어요.
제 손을 잡으세요. 자, 어서!

글로스터 안 가겠소. 여기서도 썩을 수 있소이다.

에드거 뭐라고요, 또 나쁜 생각을? 인간은
가는 것도 온 것처럼 견뎌야만 합니다.   10
다 때가 있지요. 자, 어서.

글로스터   그 또한 사실이오.

(함께 퇴장)

5막 2장 장소 도버 근처.

166

5막 3장

고수 및 기수들과 함께 승리한 에드먼드,
포로가 된 리어와 코델리아, 군인들 및
대장 한 명 등장.

에드먼드 장교 몇은 이들을 데려가라. ─ 잘 감시해,
심판을 내리게 될 분들의 더 큰 뜻이
알려질 때까지.

코델리아 　　　　　최선의 의도로
최악을 부른 건 우리가 처음은 아니에요.
억눌린 왕이시여, 전 당신 때문에 풀 죽었지　　　5
혼자라면 엉터리 운명의 인상쯤 우스워요.
이 딸들과 언니들을 만나 보실 건가요?

리어 아냐, 아냐, 아냐, 아냐. 자 우리, 감옥 가자.
우리 둘만 새장 속의 새들처럼 노래할 거야.
네가 나의 축복을 원하면 난 무릎 꿇고서　　　10
용서를 구하마. 그렇게 우린 살고
기도하고 노래하고 옛이야기도 하고
금빛 나비 보며 웃고 불쌍한 녀석들의
궁정 소식 들을 거야, 얘기도 나눌 거고. ─

5막 3장 장소 도버 근처.
13행 금빛 나비 문자 그대로 화려한 나비를 뜻하거나 혹은 멋지게 차려입은
궁정의 조신들을 가리킨다. (RSC)

누가 지고 이기는지, 총애 받고 못 받는지.— 15
우린 또한 신들의 밀정이나 된 것처럼
세상 신비 해명하고 깊은 감옥 속에서
달처럼 찼다가 기우는 고관들 패거리를
견디어 낼 거야.

에드먼드   (군인들에게) 그들을 데려가라.

리어   그러한 희생은, 코델리아, 신들이 스스로   20
향을 태워 기린단다. 내가 너를 잡았어?

                              (그녀를 포옹한다.)

우릴 떼어 놓으려면 하늘의 불 막대로
여우처럼 몰아내야 하리라. 눈물을 닦아라.
그놈들이 우리를 울게 하기 이전에
호시절이 해마다 놈들을 통째로 삼킬 거다!   25
놈들이 먼저 곪어 죽을 거야. 가자.

                 (리어와 코델리아, 호위받으며 함께 퇴장)

에드먼드   대장, 이리 오게. 잘 들어.
이 문서를 가지고 감옥으로 그들을 따라가.
자네를 한 계급 올렸어. 만약에 자네가
거기 적힌 지시대로 한다면 커다란   30
부귀를 얻을 거야. 이 사실을 알아 둬,
사람은 시류를 따라야 해. 연약한 마음은

23행 여우처럼 여우 굴 입구에서 불을 지피면 열기와 연기 때문에 여우가 밖
으로 튀어나온다.

칼잡이에게는 안 맞아. 자네가 할 큰일은
질문을 용납 못 해. 하겠다고 말하거나
달리 출세하라고.

대장   제가 하겠습니다.   35

에드먼드   착수하고 일 끝내면 행운이라 여기게.
주목해, 바로 하란 말이야. 또 내가
적어 놓은 그대로 처리해.

대장   전 마차를 끌지도 귀리를 먹지도 못합니다.
사나이의 일이라면 제가 하겠습니다.   (퇴장)   40

팡파르. 올버니, 고너릴, 리건 및 군인들,
나팔수와 함께 등장.

올버니   자넨 오늘 가문의 용맹성을 보여 줬고
행운의 인도를 받았네. 오늘의 싸움에서
적이었던 포로들을 붙잡고 있을 텐데
그들의 가치와 우리의 안전을
공정하게 평가하여 대우하기 위하여   45
그들을 요구하네.

에드먼드   비참한 늙은 왕을
적당한 장소로 보내어 감금하고

39행 마차를…못합니다 전 말이 아닙니다. 저는 전쟁 후에 할 수 없이 농사꾼
이 되고 싶지는 않습니다. (아든)

간수를 두는 것이 적절하다 여겼는데
그 나이에, 왕권은 더하지만, 마력이 있어서
민심을 그쪽으로 확 끌어당기고   50
징집한 창검을 명령하는 우리들 눈으로
돌리게 만듭니다. 마찬가지 이유로
왕비도 그와 함께 보냈는데 그들은
공께서 심문하실 장소에 내일 또는 언제든
곧바로 나타날 것입니다. 지금은 우리가   55
피와 땀을 흘리며 친구는 친구 잃고
최선의 싸움도 열기가 식기 전엔
그 아픔을 느끼는 자들의 저주를 받지요.
코델리아와 그 아버지 문제는 더 적절한
장소가 필요하오.

올버니   자네에겐 실례지만   60
전쟁에서 난 자넬 부하로만 생각했지
형제로는 아니네.

리건   그건 짐이 높이기 나름이죠.
당신은 사전에 짐의 뜻을 물을 수도
있었다고 생각하오. 그는 짐의 군대의
지휘를 맡았고, 내 지위와 권한 가진   65
제이인자였으니까 형제라고 부르는 데
손색이 없지요.

고너릴   그렇게 열 내지 마!
그는 네 직함보다 스스로의 장점으로

자신을 드높였어.

리건 　　　　　　　　　내가 준 내 권리로

그이는 최고와 대등하게 되었어. 　　　　　　　70

올버니 처제의 남편이 된다면 최상일 테지요.

리건 농담이 진담 되곤 한답니다.

고너릴 　　　　　　　　　　　이봐, 이봐!

눈이 삐었으니까 그렇게 들리지.

리건 부인, 난 몸이 불편해요, 안 그러면

노기 등등 응수했을 거라고요.

　　　　　　　　(에드먼드에게) 장군, 　　　　　75

내 군인과 포로와 세습 재산 넘겨받아

그들을, 나를 처분하시오. 이 몸은 당신 거요.

이 세상을 증인으로 여기에서 당신을

나의 주인 삼겠어요.

고너릴 　　　　　　　그를 갖고 놀겠다고?

올버니 당신의 호의로는 금지하지 못하오. 　　　　80

에드먼드 당신도 못 하오.

올버니 　　　　　　한다, 이 배다른 녀석아.

리건 (에드먼드에게)

북을 울려 나의 권리 양도를 입증해요.

올버니 멈춰라, 이유를 들으라. 에드먼드, 난 너를

81행 배다른 녀석 서자이므로, 그리고 부모 가운데 한쪽만 귀족 혈통이므로.
올버니는 에드먼드의 '당신'이란 호칭에 반발한다. (아든)

대역죄로 체포하고
(고너릴을 가리키며) 화려한 이 독사도
너와 함께 고발한다.
　　　　　　(리건에게) 처제의 요구는 　　　　85
내 아내의 이해관계 때문에 못 들어주겠소.
그녀는 이 귀족과 이차 계약 맺었고
난 그녀 남편으로 당신 혼사 반대하오.
결혼을 하려거든 내게 구애하시오,
내 부인은 예약됐소.

고너릴　　　　　　　이 무슨 촌극이람! 　　　　90

올버니　글로스터, 넌 이미 무장했다. 나팔을 불게 하라.
흉악하고 명백하며 수많은 네 반역죄를
네 몸에 입증해 줄 사람이 안 나오면
내가 도전하겠다. 　　　　　(장갑을 던진다.)
　　　　　　네 심장을 걸고서
넌 내가 공포한 바로 그런 자임을 　　　　95
식사 전에 밝히겠다.

리건　　　　　　　아프다, 아, 아프다!

고너릴　(방백) 안 그러면 독약은 절대 믿지 않겠다.

에드먼드　이렇게 답하겠소. 　　　　　(장갑을 던진다.)
　　　　　　역적으로 날 모는 게
누군지는 모르나 악당 같은 거짓이오.
나팔로 부르시오. 감히 다가온다면 　　　　100
그자든 당신이든 누구든 내 진실과 명예를

굳건히 지키겠소.

올버니   여봐라, 전령을 불러라!

전령 등장.

(에드먼드에게)

자력으로 맞서야 돼, 너의 편 군인들은

모두 내 이름으로 징집됐고 또한 내 이름으로

해산되었으니까.

리건   아픔이 점점 더 커지네.   105

올버니 부인이 편찮다, 내 막사로 모셔라.

                                        (리건, 부축 받으며 퇴장)

전령은 이리 오라. 나팔을 불라 하고

이 글을 읽어라.   (나팔 소리가 난다.)

전령 (읽는다.) '만약 군인의 명부 가운데 신분이나

계급 있는 사람이 글로스터 백작이라 추정   110

되는 에드먼드가 다방면에 걸친 역적임을 증

명하겠다면 세 번째 나팔 소리에 나타나도록

하라. 그는 용감하게 자신을 변호하고 있다.'

                                        (첫째 나팔)

다시!   (둘째 나팔)

다시!   (셋째 나팔) 115

                    (안에서 나팔 소리가 응답한다.)

무장한 에드거 등장.

올버니　목적을 물어라, 왜 이 나팔 소리에
　　　　나타나게 되었는지.

전령　　　　　　　　　　당신은 누구인가?
　　　　이름은? 계급은? 그리고 지금 이 소환에
　　　　왜 응답하였는가?

에드거　　　　　　　　내 이름은 잃었소,
　　　　반역의 이빨에 뜯기어 말살되었으니까.　　　　120
　　　　그렇지만 난 내가 맞닥뜨릴 상대만큼
　　　　고귀한 신분이오.

올버니　　　　　　　　그 상대는 누구인가?

에드거　글로스터 백작, 에드먼드의 대변인이 누구요?

에드먼드　본인이다. 할 말이 무어냐?

에드거　　　　　　　　　그 칼을 뽑아라,
　　　　내 말이 고귀한 마음에 거슬리면 무기로　　　　125
　　　　화를 풀 수 있도록. 내 칼은 여기 있다.

　　　　　　　　　　　　　　　(칼을 뽑는다.)

　　　　보라, 이건 내 기사의 명예와 맹세와
　　　　선서의 특권이다. 너의 힘과 젊음과
　　　　드높은 지위와 신분에도 불구하고
　　　　승자의 칼, 신품 행운, 용맹심과 상관없이　　　　130
　　　　나는 네가 역적임을 엄숙하게 선언한다.
　　　　신들과 네 형과 네 부친께 거짓되고

고명한 이 군주께 모반을 꾀했으며
위로는 네 머리끝에서 아래로는
네 발밑의 흙에 이르기까지 철저하게   135
독두꺼비 역적임을. 아니라고 해 봐라,
이 칼과 이 팔뚝과 사력을 다하여
네 거짓을 나의 대화 상대인 네 심장에
입증할 것이다.

에드먼드   이름을 묻는 게 현명하나
겉모습이 참 멋지고 늠름해 보이며   140
입에선 교육받은 냄새가 좀 나는지라
난 기사도 법에 따라 안전하게 신중히
지연시킬 권리를 경멸하며 차 버린다.
나는 이 반역 죄목들을 네 머리에 던지고
지옥처럼 미운 그 거짓말로 네 심장을
　으깨리라.   145
죄목들은 날 지나쳐 상처 하나 못 냈지만
이 칼로 즉각 길을 뚫어 주면 네 심장엔
영원토록 남으리라. 나팔을 불어라.

　　　　　(경종. 둘이 싸우고 에드먼드 쓰러진다.)

올버니   (에드거에게)
살려라, 그를 살려!

고너릴   계략이오, 글로스터.
당신은 결투의 예법 따라 모르는 상대와   150
싸울 필요 없었어요. 패배한 게 아니라

기만당한 것이오.

올버니　　　　　　　　입 닥쳐라, 이 여자야,

안 그러면 이 편지로 막을 테다.

　　　　　　　　(에드먼드에게) 받아라,

지독히 몹쓸 인간, 네 악행을 읽어 봐.

(고너릴에게)

찢지는 마시고, 부인. 알아보시는군.　　　　　　155

고너릴　안다 해도 법은 내 것, 당신 것은 아니오.

누가 날 고발해요?　　　　　　　　(퇴장)

올버니　　　　　　　참으로 섬뜩하다! 오!

(에드먼드에게)

그 편지를 알겠지?

에드먼드　　　　　　　아는 걸 묻지 마오.

올버니　(고너릴을 뒤따르는 장교에게)

뒤따르라. 자포자기 상태다, 관리하라.

에드먼드　당신이 고발한 일들을 내가 했소,　　　　160

더 많이, 훨씬 많이. 시간 가면 드러날 것이오.

그건 지난 일이오, 나처럼.

　　　　　　　(에드거에게) 그런데 요행히

날 이긴 넌 누구냐? 고귀한 사람이면

용서해 주겠다.

에드거　　　　　　우리 서로 선심을 주고받자.

내 혈통도 너만 못지않단다, 에드먼드.　　　　165

더 낫다면 넌 내게 더욱더 잘못했어.

내 이름은 에드거, 네 아버지 아들이다.
신들은 정당하여 우리가 즐기는 악덕을
우리를 징벌하는 도구로 삼는단다.
너를 만든 어둡고 부도덕한 장소가   170
그의 눈을 앗아 갔어.

에드먼드   맞는 말씀, 사실이오.
운명은 한 바퀴를 다 돌았고 난 여겼소.

올버니   (에드거에게)
자네 거동 자체가 왕족의 고귀함을
예시한다 생각했네. 포옹해야 되겠어.
내가 정말 자네나 부친을 미워한 적 있다면   175
내 가슴은 슬픔으로 찢어지네.

에드거   압니다, 공작님.

올버니   어디에 숨었었나?
부친의 불행은 어찌 알게 되었나?

에드거   그것을 보살피면서요. 짧게 말씀드리고   180
애기가 끝났을 때, 오, 가슴이 터졌으면!
저를 바싹 뒤쫓아 온 가혹한 포고령을
피하려는 목적으로―오, 생명은 달콤하여
우리는 한 번에 죽기보다 죽음의 고통을
매시간 당하려 하지요!―미치광이 넝마로   185
제 옷을 갈아입고 개들조차 경멸하는
몰골을 하게 됐죠. 전 그런 차림으로
눈 보석을 방금 잃고 둥글게 피 흘리는

아버지를 만났고 안내인이 된 다음
인도하고 구걸하며 절망에서 구했지요,   190
이 좋은 결말을 바라되 확신은 못 하면서
제가 무장 끝냈던 약 반시간 전까지는
절대로 자신을―아, 실수로!―안 밝힌 채.
그때 전 축복을 구했고 우리의 순례 역정
처음부터 끝까지 다 말씀드렸는데   195
그의 금간 심장은, 가엾어라, 기쁨 슬픔
두 감정의 극한 갈등 견디기엔 너무 약해
웃으면서 터졌어요.

에드먼드   나는 이 얘기에 감동했고
좋은 일이 생길지도. 하지만 계속해요,
무언가 할 말이 더 있는 것 같군요.   200

올버니 더 있다면 더 비통할 테니까 그만하게,
왜냐하면 자네 얘기 듣고 나서 난 거의
까무러칠 지경이네.

에드거   슬픔이 싫다는 이에게
이 얘기는 하나의 마침표와 같겠지만
또 다른 슬픔은 부풀리면 점점 커져   205
극단을 넘어설 것입니다.
제가 울부짖었을 때 한 남자가 들어와
최악의 상태인 저를 보고 혐오감에
교제하길 꺼렸지만 그렇게 견딘 게
누군지 알고서는 강한 팔로 제 목을   210

꽉 붙잡아 안은 다음 하늘을 찢을 듯이
고함을 질렀고, 아버지 몸 위에 엎어지며
한 번도 못 들어 본 리어와 자신의
정말로 가엾은 얘기를 들려주는 도중에
비탄이 점점 커져 그의 심장 근육이   215
끊어지기 시작했죠. 그때 전 두 번째 나팔에
얼빠진 그를 두고 나왔죠.

올버니   근데 그게 누구였나?

에드거 공작님, 켄트, 추방된 켄트요. 변장한 채
원수 같은 왕을 따라 노예라도 하지 못할
봉사를 했습니다.   220

　　　　신사 한 명, 피 묻은 칼을 들고 등장.

신사 도와줘요, 도와줘!

에드거   어떻게?

올버니   말을 하게.

에드거 칼에 피는 왜 묻었소?

신사   뜨겁고 김이 나는
이건 바로 그 심장—오, 그녀가 죽었어요!

올버니 누가 죽어? 말을 해 봐.

신사 부인이요, 부인. 그 동생은 부인 손에   225
독살을 당했고, 부인께서 자백하셨습니다.

에드먼드 그 둘과 난 약혼했소. 이제 셋 모두가

한순간에 결혼하오.

에드거   켄트가 오는군요.

켄트 등장.

올버니   살았든 죽었든 그들을 꺼내 오라.
                  (고너릴과 리건의 시체가 들려 나온다.)
         이 하늘의 심판에 우리가 떨리긴 하지만   230
         동정심은 안 생긴다.―오, 이게 그 사람인가?
         격식 따라 예의를 갖춰야 되겠으나
         상황이 허락하질 않는군요.

켄트   제 주상께
         영원한 저녁 인사 드리러 왔습니다.
         여기 안 계신가요?

올버니   큰일을 잊었구나!   235
         에드먼드, 국왕은 어디 계셔? 코델리아는?
         이 광경이 보입니까, 켄트?

켄트   저런, 어쩌다가?

에드먼드   에드먼드는 어쨌든 사랑을 받았다,
         한쪽이 나를 위해 다른 쪽을 독살한 뒤
         자결했으니까.

올버니   과연 그래. 얼굴을 덮어라.   240

에드먼드   숨이 가빠 옵니다. 제 본성에 상관없이
         좋은 일을 해 볼까 하는데 재빨리―

	지체 말고—성으로 사람을 보내시오,	
	리어와 코델리아 목숨에 칙령을 내렸소.	
	자, 늦기 전에 보내요.	
올버니	뛰게 뛰어, 오, 뛰어.	245
에드거	누구에게, 공작님? 그 임무를 맡은 자는?	
	(에드먼드에게) 유예의 징표를 보내야지.	
에드먼드	잘 생각하였소. 내 칼을 가져가서	
	대장에게 주시오.	
에드거	(신사에게) 목숨 걸고 서둘러요.	

(신사 퇴장)

에드먼드	그는 당신 아내와 내게서 명을 받아	250
	감옥에서 코델리아의 목을 달아매고는	
	그렇게 된 책임을 그녀의 절망으로	
	돌리게 되어 있소.	
올버니	신들은 그녀를 지키소서. 그를 잠시 옮겨라.	

(에드먼드는 들려 나간다.)

리어, 코델리아를 안고 신사와 함께 등장.

리어	통곡, 통곡, 통곡하라! 오, 돌 같은 인간들아!	255
	내가 너희 눈과 혀를 가졌다면 천장이	
	깨지라고 울 것이다. 얘는 영영 가 버렸어.	
	사람이 죽었는지 살았는지 난 알아.	
	앤 흙처럼 죽었어. (그녀를 내려놓는다.)	

돋보기 좀 빌려 줘.

숨기로 유리에 김이나 얼룩이 생기면   260

그래 그럼, 살아 있어.

켄트   약속된 종말이 이건가?

에드거 아니면 그 공포의 모습인가?

올버니   무너져 멈춰라.

리어   깃털이 움직인다, 살았어. 그렇다면

이건 내가 여태껏 겪어 온 슬픔을 모두 다

보상해 줄 기회다.

켄트   오, 저의 주군이시여!   265

리어   제발, 저리 가!

에드거   전하 친구, 켄트 백작입니다.

리어   염병에나 걸려라, 이 살인자 역적 놈들.

구할 수 있었는데 이젠 영영 가 버렸어.

코델리아, 코델리아, 잠시만 머물러라. 하?

뭐라고? 얘 음성은 언제나 부드럽고   270

상냥하고 조용했어, 여자에겐 빼어난 것이지.

널 목매던 그 상놈을 내가 죽여 버렸어.

신사   사실이오, 여러분.

리어   이봐 내가 해치웠지?

나도 한땐 그놈을 날카로운 언월도로

펄쩍 뛰게 할 수도 있었어. 이제는 늙었고   275

이런 시련 때문에 망가졌어. (켄트에게) 누군가?

내 눈이 썩 좋진 않아, 솔직히 말하지.

켄트	운명이 아끼고 미워한 둘을 자랑한다면
	여기에 그 하나가 있습니다.
리어	눈이 침침하구나. 켄트가 아닌가?
켄트	맞습니다, 280
	하인 켄트. 하인 카이우스는 어딨지요?
리어	참 좋은 녀석이야, 그 말은 할 수 있어.
	공격도 해, 잽싸게 말이야. 죽어서 썩었어.
켄트	아뇨 전하, 제가 바로 그 사람―
리어	그건 곧 알아보마. 285
켄트	전하께서 변하고 기울기 시작한 때부터
	그 슬픈 발길을 따랐던―
리어	여기로 잘 왔네.
켄트	바로 그입니다. 다 어둡고 죽음과 같군요.
	큰 따님 두 분은 자신들을 해친 뒤에
	절망해서 죽었고요.
리어	음, 그렇게 생각해. 290
올버니	무슨 말씀 하시는지 모르니까 우리가
	신분을 밝혀도 헛일이오.

신사 등장.

에드거	아무 쓸모 없습니다.
신사	에드먼드가 죽었어요, 공작님.
올버니	예서 그건 하찮은 일일 뿐.

여러 경들, 친구들께 짐의 뜻을 밝히겠소.　295
이 노쇠한 대왕께 위안되는 일이라면
뭐든지 해 드릴 것입니다. 노왕께서
살아 계신 동안은 짐이 가진 절대권을
양도할 것이오.　　　　　　(에드거와 켄트에게)
　　　　　　　두 분에겐 복권에다
상금과 칭호를 더하겠소, 두 분의 공로가　300
받고 남을 만하니까. 모든 아군들에겐
무용의 대가를, 모든 적군들에겐
당연한 처벌을 내리리라. 오, 봐요, 봐!

리어　불쌍한 내 바보가 죽었다. 생명이 없다 없어!
왜 개나 말이나 쥐는 살아 있는데　305
넌 숨조차 못 쉬느냐? 넌 다시 못 돌아와
절대로, 절대로, 절대로, 절대로, 절대로.
제발 이 단추 좀 끌러 줘. 고맙네.
이게 보여? 얘를 봐. 입술을, 보라고,
여길 봐, 여길 봐!　　　　　　(죽는다.)

에드거　　　　　　　　기절하셨어요. 전하, 전하!　310

켄트　가슴아 터져라, 제발 터져.

에드거　　　　　　　　쳐다보십시오, 전하.

켄트　혼을 그만 괴롭히고 가시게 해 주시오.

――――――――――

304행 내 바보　코델리아의 애칭. 그러나 코델리아와 바보를 동시에 가리킬 가
능성도 있다.

험한 세상 형틀에 더 묶어 두려 하면
미워하실 것입니다.

에드거   정말로 가셨어요.

켄트 그렇게 오랫동안 버티신 게 놀랍지요,   315
허울만 살아 계셨답니다.

올버니 이분들을 모셔 가라. 우리에게 닥친 일은
전반적인 애도이다.
(켄트와 에드거에게) 내 영혼의 친구인 두 분은
왕국을 다스리며 상한 이 나라를 받쳐 주오.

켄트 저는 곧 여행을 떠나야만 합니다.   320
주인님이 부르셔서 거절은 안 됩니다.

에드거 이 슬픈 시국의 무게를 감당해야 합니다.
해야 할 말은 두고 느끼는 걸 말하시오.
최고령 노인이 최고로 견디셨소. 젊은 우린
그만큼 보지도 살지도 절대 못할 것입니다.   325

(죽음의 행군을 하며 모두 퇴장)

자식 사랑에 눈먼 아버지의 광기가 부른 비극

윌리엄 셰익스피어(1564~1616)는 『티투스 안드로니쿠스』(1593~1594)를 시작으로 『아테네의 티몬』(1607~1608)까지 총 10편의 비극을 썼다. 이들 비극은 그 내용이 다양하여 한마디로 정의하기는 어렵다. 그러나 이들이 비극으로 분류되는 이유는 적어도 두 가지 공통 요소를 갖추고 있기 때문이다. 우선 이들은 우리 관객이나 독자들에게 전체적으로 기쁨보다는 슬픔을 준다. 그 슬픔의 성격이 단순하거나 복잡할 수도 있고 그 정도가 약하거나 강할 수도 있지만 어쨌든 우리의 마음을 가라앉히고 들뜨게 하지는 않는다. 둘째, 극의 시작은 비록 가볍거나 희극적일 수 있어도 그것은 곧 타협할 수 없는 갈등으로 치닫고 결국에는 주인공의 죽음으로 마무리된다.

『리어 왕』(1605)에서는 일곱 명의 등장인물이 죽는다. 그들은 모두 4막의 끝부분과 5막에서 죽는데 그 순서는 오즈월드, 글로스터, 고너릴, 리건, 에드먼드, 코델리아 그리고 리어 왕이다. 이 가운데 오즈월드는 고너릴의 집사장으로서 별 의식 없이 자기 여주인의 악행을 돕다가, 즉 "살인 호색가들의 불경스러운 파발꾼"(4.6.270.) 노릇을 하다가 에드거의 손에 의해 죽는다. 그리고 그가 "호색가" 에드먼드에게 전달하려던 고너릴의 밀서가 에드거의 손에 떨어졌기 때문에 에드거는 거기에 적힌 흉계를 근거로 동생 에드먼드와 결투하여 그를 이기고 결국 죽음에 이르게 한다. 그 결과 에드먼드는 자기 형과 아버지 글로스터와 코델리아 및 리어 왕에게 저지른 죄에 대한 응분의 벌로서 아무도 주목하지 않는 죽음을 맞는다. 그리고 글로스터는 에드거가 에드먼드와 결투하러 나가기 직전 그에게 눈먼 자신을 그때까지 돌보아 왔던 사람이 바로 자기가 부당하게 버린 아들 에드거라는 사실을 알고 기쁨과 슬픔의 양극을 한꺼번에 감당하지 못한 채 심장이 터져 죽는다. 다음으로 고너릴과 리건은 에드먼드를 독차지하려는 욕심으로 경쟁을 벌이다가 고너릴이 리건을 독살하고 본인도 자결함으로써 아버지에 대한 배은망덕의 죗값을 치른다. 따라서 이들의 죽음은 모두 리어와 코델리아를 죽음으로 몰아가는 과정에서 생긴 하나의 부작용 또는 부산물이라고 할 수 있다. 그리고 이 비극의 핵심 주제는 원줄거리의 주인공인 리어 왕과 부줄거리의 주인공인 글로스터가 왜 죽을 수밖에 없는지 그리고 그 과정에서 드러나는 그들의 죽음의 의미는 무엇인지를 중심으로 펼쳐진다.

『리어 왕』의 핵심 주제는 사랑이다. 좀 더 구체적으로는 부모 자식 간의 사랑, 그 가운데서도 리어 왕과 글로스터가 보이는 어리석은 자식 사랑, 그리고 고너릴, 리건, 에드먼드가 보이는 거짓된 아버지 사랑과 코델리아와 에드거가 보이는 진실된 아버지 사랑, 이 세 유형의 사랑 사이의 갈등과 대조를 통해 드러나는 참사랑이다. 그리고 이 핵심 주제는 주로 세 가지 경로를 통해 전달되는데, 그것들은 눈멂에서 눈뜸, 선악의 싸움, 아버지와 자식 간의 갈등과 화해이다. 그러면 이제 이 가운데 가장 두드러진 경로인 두 아버지가 두 자식의 진실된 효심에 눈 뜨는 과정을 통해 이 비극의 핵심 주제인 참사랑을 밝혀 보기로 하자.

이 비극은 글로스터가 두 아들에게 보이는 편향된 애정에서 시작된다. 서막이 열리면 리어 왕의 두 신하인 글로스터 백작과 켄트 백작이 앞으로 있을 왕국의 분할에 대해 얘기한다. 그러면서 글로스터는 자신의 서자인 에드먼드를 켄트에게 소개하면서 이 아들의 출생에 대해 솔직한 심정을 토로한다. 자신이 본부인을 두고 에드먼드의 어미와 정을 통했으며 그래서 "그 여잔 배가 불렀고, 글쎄, 침대 속에서 남편을 맞이하기도 전에 요람 속에 아들 하나를 갖게 되었"다고(1.1.14~16.) 말한다. 하지만 그에게는 이 천출 신분의 에드먼드보다 한두 살이 더 많은 적자 에드거가 있으며 그는 이 둘을 공평하게 사랑한다고, 그의 표현에 의하면 적자를 천출보다 "더 귀여워하진 않"(1.1.20.)는다고 말한다. 그러나 이는 말뿐이라는 사실이 곧 밝혀진다. 왜냐하면 그는 천출 에드먼드를 지난 9년 동안

집 안에 들이지 않았고 또다시 내보낼 작정이기 때문이다. 여기에서 에드먼드가 글로스터에게 느낄 법한 모욕감과(그가 만약 자기 아버지가 자기 어머니와 자신의 출생을 묘사하면서 쓰는 언어를 곁에서 들었다면) 그를 또다시 집 밖으로 내쫓으려는 아버지의 차별 대우는 그가 아버지를 속이고 그를 파멸로 이끄는 결정적인 계기가 된다.

그 첫 단계가 에드먼드가 형 에드거가 쓴 것처럼 꾸민 가짜 편지 사건이다. 1막 2장이 열리면서 에드먼드는 천출을 푸대접하는 관습에 강력하게 반발한다. 그는 적출이나 천출이나 같은 아버지의 자식인데 왜 형 에드거는 정실부인의 소생이란 이유 때문에, 그리고 자기보다 한두 살 많다는 이유 때문에 재산권과 지위를 보장받고 자기는 천출로 낙인찍혀야 하는지 도저히 이해할 수 없다. 그래서 형의 편지를 조작하여 아버지를 속이고 그의 지위를 차지할 계략을 세우고 바로 실천에 옮긴다. 그는 아버지가 나타났을 때 가짜 편지를 황급히 그러나 의도적으로 들키면서 주머니에 쑤셔 넣었고 그것을 눈치챈 글로스터는 그에게 "뭔가 읽고 있던 게 있었느냐?"(1.1.30.)라고 묻고, "없습니다."라는 에드먼드의 대답에 "없음의 본질은 그 자체를 숨길 필요가 없는 법. 어디 보자."(1.1.33~35.)라고 하면서 그 편지를 강제로 빼앗아 읽게 된다. 그러고는 그 편지 내용에 나타난 에드거의 재산권에 대한 불만과 자신을 죽여서라도 상속을 받으려는 그의 계획에 불같이 화를 내면서 바로 에드거 체포를 에드먼드에게 명령한다.

이렇게 에드먼드가 글로스터를 속이는 과정에서 두드러지

게 나타나는 사실은 바로 글로스터의 눈멂이다. 그는 에드먼드의 악한 의도와 방법에 대해서 한 치의 의심도 품지 않는다. 그는 그 편지가 '없는' 사실을 가짜로 만들어 낸 것임을 새카맣게 모른다. 왜냐하면 그는 자기 눈으로 보고 있는 그 편지의 '있음'에 너무 의존하기 때문이다. 물론 그 내용은 그럴듯하다. 장성한 자식이 아버지의 재산을 욕심내는 것은 있을 수 있는 일이다. 그러나 에드거는 그가 사랑하는, 그것도 적장자이다. 또한 그 아들의 인간 됨됨이가 어떤지는 평소의 그의 언행으로 충분히 짐작할 수 있는 일이다. 그런데도 그는 순간적인 오판에 의해, 눈앞에 내민 에드먼드의 편지만 보고 커다란 실수를 저지른다. 그래서 그는 두 눈을 뜨고 있었음에도 자기를 진정으로 사랑하는 아들 에드거를 불러 진위를 확인하려는 노력조차 하지 않은 채—이 확인은 오히려 에드먼드가 먼저 제안하여 다시 한 번 아버지를 속이는 기회로 활용한다.—마치 눈먼 사람처럼 행동했고 그 결과 커다란 아픔과 시련을 겪으며 마지막에는 죽음을 맞이한다.

그러나 글로스터의 눈멂은 리어의 눈멂을 주제로 한 변주곡이다. 이 사실은 우선 이 작품의 독특한 구성, 즉 원줄거리와 부줄거리의 이중 구조에서 드러난다. 원줄거리가 아버지 리어와 세 딸의 얘기라면 부줄거리는 아버지 글로스터와 두 아들의 얘기이다. 그리고 이 두 얘기는 두 아버지의 군신 관계로 연결되어 있을 뿐만 아니라 글로스터의 서자 에드먼드가 리어의 두 딸과 연인 관계로 발전하면서 더 밀접해지고, 에드거가 복잡하게 얽힌 사태의 해결사 역할을 하면서 뗄 수 없이 서로에게 영향을 주고받는다. 그리고 두 줄거리 간의 이런 밀접한 관계는 글로스터와 리어의 눈멂의 문제에서도 마찬가지로 드러난다. 특히 두 사람이 자식들에게 쓰는 공통 용어에서 두드러지게 드러난다. 그런데 그들이 무의식적으로 공유하는 이 말은 바로 "없음"이다.

극중의 리어 왕은 지금 여든이 넘은 나이이다. 국사에 지친 그는 왕국을 세 딸에 맞춰 삼등분한 다음 그들에게 나눠 주고 자신은 "가벼운 마음으로 죽음 향해 천천히/기어갈 결심을 굳"(1.1.40~41.)힌 상태이다. 이는 그의 나이와 육체적, 정신적 능력을 감안할 때 충분히 있을 수 있는 일이다. 그러나 문제는 영토를 어떻게 세 딸에게 넘겨주느냐 하는 방식에 있다. 리어 왕은 그들 각자에게 자신을 얼마나 사랑하는지 물어본 다음 그 대답의 흡족함에 따라 왕국의 약간씩 다른 삼분의 일을 나눠 주려고 한다. 그래서 그는 큰딸 고너릴에게 먼저 묻고, 현란한 수사로 가득한 그녀의 대답은 즉각적으로 나온다. "전 전하를 말로 표현 못할 만큼 사랑하고/시력이나 걸림 없는 자유보다 소중하게/가장 값지다거나 희귀한 것 이상으로 (중략) 사랑하옵니다."(1.1.55~61.) 이로써 그녀의 효성과 자격은 리어 왕에게 입증되었고 그녀는 남편 올버니와 함께 왕국의 비옥한 삼분의 일을 물려받는다. 그리고 둘째 딸 리건도 언니가 사랑하는 만큼 사랑하지만 그보다 더 깊이, 더 많이 사랑한다는 말로 자기 남편 콘월과 함께 또 하나의 삼분의 일을 차지한다.

그런 다음 리어 왕은 잔뜩 기대에 부풀어 막내 딸 코델리아에게 묻는다. "언니들의 것보다 더 비옥한 삼분의 일,/그걸

위해 네가 할 수 있는 말은"(1.1.85~86.) 무엇이냐고. 사실 그는
자신의 노후를 그녀에게 맡기려고 했기 때문에 가장 비옥한
삼분의 일을 남겨 두고 있었다. 그런데 예상 밖으로 "없습니
다."라는 답을 듣는다. 그리고 놀란 그는 "없습니다?"라고 되물
으며 다시 "없습니다."라는 답을 듣고 또다시 "없음은 없음만
낳느니라. 다시 해 봐."라고(1.1.90.) 주문하여 겨우 다음과 같이
약간 더 긴 그러나 내용은 '없음'과 같은 대답을 듣는다.

> 소녀 비록 불운하나 제 마음을 입에 담진
> 못하겠나이다. 전 전하를 도리에 따라서
> 사랑하고 있을 뿐, 더도 덜도 아닙니다.(1.1.91~93.)

이 대답에도 만족할 수 없는 리어 왕은 다시 코델리아를 재
촉하여 좀 더 긴 답을 얻어 내지만 그 요지는 여전히 '사랑을
말로 할 수는 없음'이다. 그녀는 자신의 아버지 사랑은 언니
들의 대답처럼 말이 아니라 자식 된 도리의 당연한 발로이며
그것은 오직 행동으로 그 실체가 드러나는 것이지 말로 옮기
는 순간 그것은 실체와 분리되어 헛말이 된다고 항변한다. 그
것도 최소한의 언어를 동원하여. 왜냐하면 코델리아는 사랑
의 표현 자체를 위선으로 생각하기 때문이다. 이런 그녀의 반
응은 단순히 언니들의 화려한 수사에 대한 반감에서 생긴 것
만은 아니다. 그것은 오히려 그녀의 착한 본성, 거짓으로 무엇
을 꾸며 내거나 포장하지 못하는 성품을 드러내는 것이며, 이
는 앞선 그녀의 반응에서 이미 그 단초를 드러낸 바 있다. 언

니 고너릴의 거짓말 뒤에 코델리아는 방백으로 "코델리안 뭐라 하지? 사랑으로 침묵하라."(1.1.62.)라고 자기 진심을 밝혔으며, 리건의 거짓말 뒤에도 "내 사랑은/분명히 내 입보다 더 무거우니까."(1.1.77~78.)라고 재차 자신의 마음을 우리에게 확인시켜 주었다. 즉 자신의 말 '없음'은 사랑의 없음이 아니라 사랑의 표현할 수 없음, 다시 말하면 그것의 '있음'을 가장 정확하고 진실되게 표현하는 말이라고. 그러나 리어 왕은 이런 코델리아의 말뜻을 정반대의 의미로 받아들인다. 그녀에게는 아버지에 대한 사랑이 하나도 없기 때문에 그것을 말로 표현하지 못한다고. 그리고 말로 표현하지 않거나 못하는 사랑은 사랑이 아니라 '솔직함'이라는 '오만함'이라고. 그런 다음 그는 코델리아와의 혈연관계를 부인하고 그녀의 몫을 나머지 두 딸에게 다시 나누어 준 다음 그녀를 지참금 없이 프랑스 왕에게 넘겨주고 퇴장한다.

여기에서 우리는 앞서 글로스터의 경우처럼 리어 왕의 눈멂을 뚜렷하게 볼 수 있다. 그는 고너릴과 리건의 사랑 표현이 거짓이라는 사실을 전혀 눈치채지 못한다. 그들의 말을 액면 그대로 받아들이며 그들의 사랑의 크기를 수사법의 크기로 가늠하여 왕국을 분할한다. 그리고 가장 정확하고 정직하게 말한 코델리아는 내친다. 게다가 그의 충신 켄트가 사태의 본질을 직시하고 왕에게 "더 똑똑히 보시오, 리어"(1.1.158.)라고 충고했음에도 자신의 결정을 바꾸지 않는다. 리어 왕은 이런 바보 같은 행동을 아마도 그의 성격이 고너릴의 지적처럼 성급하기만 해서, 아니면 코델리아에 대한 강한 사랑만큼이나 강한 미움이 갑자기 일어나서, 아니면 리건의 말처럼 늙어 망령이 나서 했을 수 있다. 어쨌든 리어 왕은 격정에 눈이 멀어 막내딸의 참사랑을 알아보지 못하고 많은 사람에게 특히 그 자신에게 엄청난 고통과 종국에는 그녀와 자신의 죽음까지 불러오는 실수를 저지른다.

리어 왕과 글로스터, 두 노인이 저지른 실수의 대가는 본인들은 물론 관객들의 예상을 훨씬 더 뛰어넘는다. 우선 글로스터는 두 눈을 뽑히는 고통을 당한다. 코델리아가 이끄는 프랑스 군대가 리어 왕의 왕권 회복을 위해 브리튼에 상륙했을 때 딸들에게 쫓겨난 리어 왕의 처지를 불쌍히 여긴 글로스터는 자신의 현재 주군인 리건과 콘월 공작의 명을 어기고 왕의 편을 들고 그를 돕는다. 그런데 이 사실을 안 에드먼드는 자신의 아버지를 프랑스군과 내통하는 스파이라고 콘월 공작에게 고해바친다. 그것도 아버지 글로스터가 프랑스 편으로부터 받았다고 자신에게만 알려 준 비밀 편지를 증거로 제시하며. 그 결과 글로스터는 콘월 앞으로 끌려와 리건에게 수염을 뽑히는 모욕을 당하며 결국 콘월의 구둣발에 두 눈을 다 잃고 자기 집 밖으로 쫓겨나는 신세가 된다.

그러나 글로스터가 이렇게 두 눈을 빼앗기는 순간은 동시에 그가 새로운 눈을 얻는 순간이기도 하다. 그는 육신의 눈을 잃는 대신 진실에 눈을 뜬다.

콘월　　　　　　　빠져라 못된 눈깔,
이제 네 밝은 빛은 어딨느냐?

글로스터 다 암울해졌어? 내 아들 에드먼드 어딨지?

에드먼드, 효성의 온 힘 모아 이 폭거의

원수를 갚아 다오.

　　리건　　　　　　　　닥쳐라, 역적 놈아,

자기를 미워하는 사람을 부르다니.

네놈의 역적모의 고발한 건 바로 그야,

너를 동정하기엔 너무 착해.

글로스터 오 나의 바보짓! 그럼, 에드거가 당했어?

신들은 저를 용서하시고 걔를 번성시키소서!

　　　　　　　　　　　　　　　　　　(3.7.86~93.)

　이 순간부터 글로스터는 육체적, 심리적 고통에 시달린다. 에드먼드의 술수를 알아채지 못한 데 대한 자책감, 진정으로 자신을 사랑하는 에드거를 살인 미수 죄인으로 몰아간 데 대한 죄책감, 그리고 이제는 사태를 바로잡을 그 어떤 수단도 능력도 없어진 자신에 대한 절망감으로 글로스터는 자살을 기도한다. 그럴 목적으로 그는 우연히 만난 거지 미치광이 행색의 에드거에게 자신을 도버의 절벽으로 인도해 달라고 부탁한다.

　이때부터 에드거는 아버지에 대한 참사랑이 무엇인지를 행동으로 보여 준다. 그는 무엇보다도 우선 아버지의 자살 충동을 치유하고자 노력한다. 그럴 목적으로 아버지의 현 상태, 즉 앞을 보지 못하는 장님 상태를 최대한 활용한다. 그리하여 평지를 걸으면서 가파른 언덕을 오르고 있노라고 아버지를 속인 뒤 드디어 절벽 끝에 서 있다는 착각을 하게끔, 그리고 그

곳에서 뛰어내려 자살할 수 있다고 믿게끔 만든다. 이때 글로스터는 우선 신들에게 자신의 결심을 고한다. "오, 막강한 신들이여,/저는 이 세상을 포기하고 당신들 앞에서/침착하게 큰 고난을 떨치려 합니다." 그리고 에드거의 행복을 염원한다. "에드거가 살았다면, 오, 축복을!"(4.6.34~40.) 그런 다음 평지에서, 평평한 무대 위에서 앞으로 쓰러진다, 높은 곳에서 떨어지고 있다고 착각하면서. 그런 다음 의식을 회복한 글로스터는 곁에서 줄곧 지켜보고 있던 에드거의 충고로 자기가 되살아난 것은 기적이며 하늘의 뜻이라고 믿고 다시는 절망적인 행동을 하지 않고 그 어떤 고난이든 삶이 끝나는 날까지 견디겠노라고 다짐한다. 이런 글로스터를 에드거는 끝까지 보살피며 그의 암울한 인생 여정의 길잡이 노릇을 한다. 그가 에드먼드와 결투를 앞두고 승리를 바라되 확신은 못 하면서 무장을 끝냈던 약 반시간 전까지는 "절대로 자신을—아, 실수로!—안 밝힌 채."(5.3.193.)

그렇다면 왜 에드거는 아버지에게 자신의 정체를 "실수"인 줄 알면서, 여태껏 밝히지 않은 것일까? 그는 아버지의 죄책감과 그로 인한 절망감을 처음부터 너무나 잘 알고 있었을 뿐만 아니라 자신이 살아 있다는 사실을 알면 그가 얼마나 기뻐할 것인지도 너무 잘 알고 있다. 더군다나 그는 두 사람이 처음 만났을 때 글로스터가 하는 다음 말을 들었다. "오, 내 아들 에드거,/속임수에 넘어간 네 아비의 분노의 희생물,/살아생전 널 한 번 만질 수만 있다면/난 눈을 되찾았다 말하리."(4.1.23~26.) 이토록 간절한 아버지의 소망을 에드거는 왜 끝까지 들어주지 않았을까? 이에 대한 대답으로 우선 에드거가 아버지에게 느끼는 원망을 생각할 수 있다. 아무런 죄도 없는 자기를 성급하게 역적으로 몰아 지명 수배를 내렸으니까. 하지만 이 작품 어디에도 에드거가 그런 감정을 품었다는 증거는 없다. 그보다는 오히려 에드거는 아버지를 진정으로 사랑하기 때문에, 그리고 현재 자신의 처지로 볼 때 그 사랑을 표현할 구체적인 수단이 아무것도 없기 때문에 코델리아처럼 침묵한다고 생각된다. 그도 코델리아처럼 말로만 하는 사랑은 진정한 사랑이 아님을 잘 알고 있고 그에 따라 지금 할 수 있는 일이 말뿐이라면 차라리 자신이 누구라는 말을 하지 않는 것이 아버지를 덜 아프게 하는, 진정으로 위하는 길이라고 생각한다. 따라서 그는 아버지와 고난을 같이하며 늘 옆에 있었음에도 마치 부재하는 사람처럼 행동했고, 그의 사랑을 구체적으로 보여 줄 가능성이 영영 사라질지도 모르는 순간까지 그의 침묵은 계속되었다. 그리고 드디어 자신이 에드거임을 밝혔을 때 그 결과는 글로스터에게 치명적이었다. 그의 약화된 심장이 에드거가 살아 있음을 알고 느끼는 강렬한 기쁨과 그의 불쌍한 처지에 대해 느끼는 강렬한 슬픔을 한꺼번에 견디지 못하고 터져 버렸기 때문이다.

글로스터가 육신의 눈을 잃고 심안을 뜬다면 리어 왕은 광기를 경험하고 여태까지 경험해 보지 못했던 새로운 세계에 눈뜬다. 또한 글로스터가 눈을 잃는 고통을 통해 알게 된 것이 주로 에드거의 효성이라면, 리어 왕이 광기의 아픔을 통해 얻는 혜안은 훨씬 더 넓고 깊고 다양하다. 그러면 이제부터 그

과정과 결과를 살펴보기로 하자.

　극의 서두에서 사랑을 표현하지 않는다고 코델리아의 사랑을 "없음"으로 판정한 리어 왕은 왕권을 내려놓은 뒤 머물게 된 첫 행선지인 고너릴의 저택에서도 자신의 판단이 여전히 유효하다고 생각한다. 그러나 아버지의 성급한 기질과 허약함, 성마름, 그리고 완고한 변덕을 잘 알고 있는 고너릴은 그를 참아 줄 마음이 전혀 없다. 그에 따라 이미 1막 3장에서부터 그녀는 이런저런 구실을 들어 자신의 본심을 드러낸다. 그녀에게 왕국을 분할했을 때 아버지에게 표현한 사랑은 헛말일 뿐이었고 자신의 진심은 권력을 독차지하는 것인데 이제는 아버지뿐만 아니라 그에게 남은 약간의 권한조차도 자신의 목표를 방해하는 걸림돌에 지나지 않는다. 이렇게 리어 왕을 무시하는 고너릴의 마음은 결국 그가 대동하는 기사 수의 감축으로 나타난다. 그래서 고너릴에게 자신의 종자 오십 명을 "단칼에"(1.4.296.) 잘린 리어 왕은 그녀에게 온갖 저주(코델리아에게 쏟아 놓았던 것보다 더 무서운)를 퍼부은 다음 둘째 딸인 리건의 저택으로 향한다. 왜냐하면 그녀는 자기 기사 백 명을 유지해 주리라고 기대하기 때문이다. 그리고 거기에서 차꼬라는 저급한 벌을 받고 있는 자기 심부름꾼 켄트(변장한)를 보고 둘째 딸의 대접 또한 첫째 딸과 다를 바 없다는 눈치를 채야 하지만(바보는 이 사실을 알고 이미 그에게 귀띔해 준 바 있다.) 둘째 딸에 대한 기대를 접지 않는다. 하지만 바보의 예언은 사실로 드러나고 두 딸은 경쟁적으로 아버지의 기사 수를 줄이더니 드디어는 하나도 남기지 않은 채 싹 없애 버린다.

작품 해설

리어	뭐, 스물에 다섯만 데리고
	너한테 가야 해? 그렇게 말했느냐, 리건?
리건	다시 말씀드리지만 더 이상은 안 돼요.
리어	사악한 것들도 아직 예뻐 보이는군,
	더 사악한 게 있을 땐. 최악이 아니란 게
	칭찬을 좀 받는구나. (고너릴에게) 너와 함께 가겠
	다. 네 오십은 스물하고 다섯의 두 배니까
	사랑 또한 두 배다.
고너릴	제 말 들어 보세요.
	스물다섯, 왜 필요한데요? 열이나, 다섯은?
	그 두 배의 하인들이 당신을 돌보도록
	명령받는 집안에서?
리건	하나는 왜 필요해요?

(2.4.256~266.)

리어 왕의 사랑 셈법은 여기에서 완전히 무너진다. 백에서
출발한 고너릴과 리건의 '완전한' 사랑은 그 절반인 오십을 거
쳐 또 그 절반인 이십오에서 마지막에는 영으로 변해 흔적 없
이 사라진다. 그에 따라 딸들의 사랑을 숫자와 동일시하던 리
어의 계산은 설 자리를 잃는다. 코델리아의 없음은 이제 있음
으로 판정 났고 고너릴과 리어의 있음은 이제 순전한 없음으
로 드러났다. 그리고 그런 계산에 전적으로 의지했던 리어의
삶, 구체적으로 그의 사고방식 또는 이성은 그 바탕이 허물어
진다. 이 딸들의 텅 빈 사랑, 또 그것을 아무런 거리낌 없이 공

표하는 그들의 배은망덕은 이제 그에게 너무나 커다란 충격이고 그 사실을 도저히 받아들일 수 없는 리어 왕은 정신을 잃기 시작한다. "오, 바보야, 난 이제 미치련다."(2.4.288.)

리어 왕의 광기는 글로스터의 경우처럼 아무런 소득 없는 고통만은 아니다. 그는 미치기 전후 그리고 미친 가운데서도, 아니 차라리 미칠 지경 또는 미쳤기 때문에 정상적인 상태에서 그리고 모두가 그에게 아첨하던 시절에는 도저히 알 수 없었던 진실에 새롭게 눈뜬다. 예를 들면, 리어는 이 세상에 헐벗고 굶주린 사람이 많다는 사실을 처음으로 깨닫고 그들에게 동정심을 느낀다. 또한 리어는 누더기만 걸친 에드거를 보고는 인간의 감춰진 본질을 꿰뚫어본다. "넌 물 그 자체이고, 문명을 떨쳐 버린 인간은 바로 너처럼 불쌍한 알몸의 두발짐승에 지나지 않아."(3.4.108~110.)라고 하면서. 그리고 인간의 출생과 그 의미에 대한 슬프고도 감동적인 설교도 한다. "넓고 넓은 바보들의 무대로 나왔다고/우리는 태어날 때 운다네."(4.6.179~180.)라고 하면서.

그러나 리어 왕의 이런 깨달음은 그가 얻은 지혜 가운데 가장 중요한 것 한 가지가 있을 때에만 빛을 발하고 그것을 배경으로 했을 때만 의미를 갖는다. 그것은 그가 눈을 뽑히는 것보다 더 큰 아픔을 통해, 오직 광기의 고통을 통해 알게 된 코델리아의 진심이다. 리어 왕은 자기가 코델리아에게 잘못했다는 사실을 이미 1막 4장에서부터 어렴풋이 느끼기 시작한다. 기사 하나가 "막내 아가씨께서 프랑스로 떠나신 이후 바보가 몹시 초췌해졌답니다."라고 했을 때 리어 왕은 "그 얘긴 그만

해라."(1.4.72~74.)라고 그녀를 의식하고 있음을 드러낸다. 그런 다음 고너릴을 꾸짖는 장면에서 좀 더 진전된 자세를 보인다. 그는 코델리아의 말실수를 "오, 지극히 작은 잘못"(1.4.268.)이라 부르고 자신의 지나쳤던 반응을 뉘우치기 시작한다, 그 잘못이 얼마나 추하게 보였기에 인정을 버리고 분노만 표하게 되었느냐고 물으면서. 이후로 리어 왕은 코델리아에 대한 언급을 더 이상 하지 않는다. 왜냐하면 막내딸에 대한 그의 압도적인 수치심은 나머지 딸들의 배은망덕과 대조되었을 때 그 차이가 너무나 뚜렷하고 자신의 죄책감은 그에 비례하여 너무나 커진 결과 그는 그 아픔과 그 무게를 의식 차원에서 절대 감당할 수 없기 때문이다.

하지만 한동안 감춰졌던 리어 왕의 진심은 그가 광기에서 깨어나, 그러나 아직 또렷한 의식을 찾지 못한 상태에서 코델리아와 대면한 순간 극명하게 드러난다. 잠에서 깨어난 리어 왕은 코델리아에게

무덤에서 날 꺼낸 건 잘못한 일이오.
그대는 열락 속의 영혼이나 이 몸은
불 수레에 매달려 눈물이 납 물처럼
나를 지지는구려.(4.7.45~48.)

라고 말한다. 그녀는 축복받은 천사, 자신은 지옥 불 속에서 신음하는 죄인, 이것이 리어 왕의 진정한 마음이다. 그것은 처음부터 인정하기 어려워 의식 저 밑바닥으로 눌러 놓았

던 수치심과 죄책감이 그녀의 빛나는 사랑의 도움으로 그의 의식의 표면으로 떠오른 결과이다. 그런 다음 리어 왕은 그동안 하고 싶었으나 못했던 말을 한다. "나에게 독약을 준대도 마시겠다./날 사랑 않는 줄 알고 있어. 언니들은 (중략) 나에게 잘못했어,/이유 없이, 너는 좀 있지만." 그러나 코델리아는 대답한다. 아무 이유 "없어요, 없어요."라고.(4.7.72~75.) 이것이 코델리아가 맨 처음 아버지에게 했던 대답, "없습니다."의 진정한 내용이다.

그리고 우리는 곧바로 리어 왕과 코델리아의 죽음으로 직행한다. 왜냐하면 이렇게 뜨거운 납 물처럼 자기 몸을 지지는 눈물로 확인한 딸의 사랑을 그는 머지않아 잃어야 하기 때문이다, 영원히. 코델리아가 이끌고 온 프랑스군과 올버니 공작이 이끄는 브리튼군의 싸움은 싱겁게 끝난다. 그것은 "리어 왕이 패했고 딸과 함께 잡혔어요."(5.2.6.)라는 에드거의 말로 요약되어 신속히 처리된다. 그런 다음 전쟁에 진 리어 왕과 코델리아는 감옥으로 보내지고 리어는 감옥 속에서라도 둘의 사랑과 용서의 시간을 원한다. 그러나 이 시간은 곧이어 에드먼드가 휘하 대장에게 내리는 사형 명령 때문에 길지 않을 것임을 알 수 있다. 하지만 극중 인물들은 연달아 벌어지는 중요한 사건들 때문에 리어 왕과 코델리아의 행방을 잊는다. 에드먼드와 에드거가 결투하고, 에드거가 전하는 아버지 글로스터의 죽음과 켄트 백작의 행적이 보고되고, 고너릴과 리건의 죽음이 알려지는 동안 그들은 모두 리어 왕과 코델리아 존재를 잊고 있다. 그러다가 켄트가 등장하여 리어 왕께 작별 인사를 하고자 했을 때 올버니 공작은 "큰일을 잊었구나!"(5.3.235.)라고 하며 둘의 소재를 에드먼드에게 묻고 그는 그 둘에게 내린 사형 명령을 고백한다. 그런 다음 감옥에서 자객에게 죽임을 당한 코델리아를 안고 나타난 리어 왕은 이 비극에서 가장 애절한 대사를 말한다.

불쌍한 내 바보가 죽었다. 생명이 없다 없어!
왜 개나 말이나 쥐는 살아 있는데
넌 숨조차 못 쉬느냐? 넌 다시 못 돌아와
절대로, 절대로, 절대로, 절대로, 절대로.(5.3.304~307.)

이때 숨이 찬 리어 왕은 곁에 있는 사람에게 "제발 이 단추 좀 끌러 줘. 고맙네."라고 한 다음 마지막 말을 한다. "이게 보여? 얘를 봐. 입술을, 보라고,/여길 봐, 여길 봐!"(5.3.308~310.) 그리고 그는 죽는다.

그는 과연 바보라는 애칭으로 불리는 코델리아의 입술에서 무엇을 보는 것일까? 무엇을 봤기에 죽는 것일까? 답은 두 가지이다. 그가 만약 그녀의 입술에서 생명의 빛을 보았다면 그는 환희에 넘쳐 죽은 것이고, 그 반대로 죽음의 빛을 보았다면 그는 절망에 넘쳐 죽는 셈이다. 어느 쪽일까? 그가 본 것은 생명의 표시일 가능성이 가장 크다. 그런 것이 없더라도 있다고 생각해서 죽는다고 본다. 왜냐하면 리어 왕은 첫 등장에서 마지막 죽는 순간까지 한 번도, 수많은 고통과 분노와 죄책감과 수치심에 시달리면서도 그리고 결국 광기에 빠졌음에도,

한 번도 죽겠다는 말이나 그런 심정을 토로한 적이 없다. 그는 에드거의 표현처럼 모든 극한 감정을 최고로 견디면서 느끼는 삶을 살았다. 딸들이 미우면 저주를 퍼붓고 사랑스러우면 천사라고 부르며 심지어 상상 속의 지옥에서도 죽음이 아니라 납 물에 지짐을 당하는 고통을 말하였다. 그러나 관객이 보는 것은, 아는 것은 코델리아의 죽음이다. 리어 본인의 말처럼 우리는 "사람이 죽었는지 살았는지"(5.3.258.) 안다. 그러므로 리어의 생에 대한 희망과 우리의 죽음에 대한 현실, 이 둘의 동시성과 그 사이에 존재하는 괴리에 리어 왕의 진정한 비극이 있다. 이것이 그의 죽음의 의미이다.

끝으로 이번 번역은 R. A. 포크스(R. A. Foakes) 편집의 아든(The Arden Shakespeare) 판 『리어 왕(King Lear)』을 기본으로 하고, G. 블레이크모어 에번스(G. Blakemore Evans) 편집의 리버사이드 셰익스피어(The Riverside Shakespeare) 판, J. L. 할리오(J. L. Halio) 편집의 뉴케임브리지 셰익스피어(The New Cambridge Shakespeare) 판, 조너선 베이트와 에릭 라스무센(Jonathan Bate and Eric Rasmussen) 편집의 RSC(The Royal Shakespeare Company) 판을 참조하였다. 그리고 케네스 뮤어(Kenneth Muir) 편집의 아든 총서 2판 『리어 왕(King Lear)』도 참조하였다.

작가 연보

1564년   아버지 존 셰익스피어와 어머니 메리 아든의 장남으로
          스트랫퍼드어폰에이번에서 태어나 4월 26일 세례를 받
          았다.

1582년   11월 여덟 살 연상의 앤 해서웨이와 결혼했다.

1583년   큰딸 수재너가 5월 26일 세례를 받았다.

1585년   큰아들 햄닛과 둘째 딸 주디스(쌍둥이)가 태어나 2월 2
          일 세례를 받았다.

1588년   최초의 극작품들이 런던에서 공연되기 시작하여 가족
          들을 두고 이주했다.

1590년   3부작 『헨리 6세(Henry VI)』를 2년에 걸쳐 집필했다.

1592년   이후 1594년까지 시집 『비너스와 아도니스(Venus and
          Adonis)』, 『루크리스의 강간(The Rape of Lucrece)』 출간

하고, 두 시집 모두 사우샘프턴 백작에게 헌정했다. 로드 체임벌린스 멘 극단의 주주가 되었다. 『리처드 3세(Richard III)』, 『실수 희극(The Comedy of Errors)』, 『티투스 안드로니쿠스(Titus Andronicus)』, 『말괄량이 길들이기(The Taming of the Shrew)』, 『베로나의 두 신사(The Two Gentlemen of Verona)』등을 완성했다.

1595년 　『사랑의 수고는 수포로(Love's Labour's Lost)』, 『존 왕(King John)』, 『리처드 2세(Richard II)』, 『로미오와 줄리엣(Romeo and Juliet)』, 『한여름 밤의 꿈(A Midsummer Night's Dream)』, 『베니스의 상인(The Merchant of Venice)』, 『헨리 4세 1부(Henry IV, Part 1)』, 『윈저의 즐거운 아낙네들(The Merry Wives of Windsor)』를 1597년까지 연이어 발표했다.

1596년 　아들 햄닛 사망. 부친의 문장을 사용하는 것을 허가받았다.

1597년 　스트랫퍼드에서 뉴 플레이스 저택을 구입했다.

1598년 　두 해에 걸쳐 『헨리 4세 2부(Henry IV, Part 2)』, 『헛소문에 큰 소동(Much Ado About Nothing)』, 『헨리 5세(Henry V)』, 『줄리어스 시저(Julius Caesar)』, 『좋으실 대로(As You Like It)』등을 집필했다. 셰익스피어의 극단이 새로운 글로브 극장으로 옮겨 갔다.

1600년 　『햄릿(Hamlet)』을 발표했다.

1601년 　시집 『불사조와 산비둘기(The Phoenix and the Turtle)』를 출간하고, 『십이야(Twelfth Night, or What You

Will)』, 『트로일로스와 크레시다(Troilus and Cressida)』, 『끝이 좋으면 다 좋다(All's Well That Ends Well)』를 완성했다.

1601년   부친 사망. 9월 8일 장례.

1603년   엘리자베스 여왕 사망. 스코틀랜드의 제임스 6세가 영국의 제임스 1세가 되고, 셰익스피어의 극단이 킹스 멘이 되었다.

1604년   『잣대엔 잣대로(Measure for Measure)』, 『오셀로(Othello)』를 발표했다.

1605년   『리어 왕(King Lear)』을 발표했다.

1606년   『맥베스 (Macbeth)』와 『안토니와 클레오파트라 (Antony and Cleopatra)』를 발표했다.

1607년   6월 5일 딸 수재너 결혼.

1607년   두 해에 걸쳐 『코리올라누스(Coriolanus)』, 『아테네의 티몬(Timon of Athens)』, 『페리클레스(Pericles)』를 발표했다.

1608년   모친 사망. 9월 9일 장례.

1609년   『심벨린(Cymbeline)』, 『겨울 이야기(The Winter's Tale)』, 『소네트(Sonnets)』를 1610년까지 두 해에 걸쳐 출간했다. 셰익스피어의 극단이 블랙프라이어스 극장을 매입했다.

1611년   『태풍(The Tempest)』을 발표하고 스트랫퍼드로 돌아가 은퇴했다.

1612년   『헨리 8세(Henry VIII)』, 『카르데니오(Cardenio)』, 『두

귀족 친척(The Two Noble Kinsman)』을 1613년까지 집
필했다.

1616년　2월 10일 딸 주디스 결혼. 스트랫퍼드에서 4월 23일 세
상을 떠났다.

1623년　글로브 극장 시절의 동료 배우 존 헤밍과 헨리 콘델이
편집한 셰익스피어의 극작품들이 이절판으로 출판되
었다. 부인 앤 해서웨이가 사망했다.

세계문학전집 **127**

리어 왕

1판 1쇄 펴냄   2005년 11월 20일
1판 66쇄 펴냄   2024년 7월 17일

지은이   윌리엄 셰익스피어
옮긴이   최종철
발행인   박근섭, 박상준
펴낸곳   (주)민음사

출판등록   1966. 5. 19. (제 16-490호)
서울특별시 강남구 도산대로1길 62(신사동) 강남출판문화센터 5층 (우편번호 06027)
대표전화 02-515-2000   팩시밀리 02-515-2007
www.minumsa.com

ISBN 978-89-374-6127-9 04800
ISBN 978-89-374-6000-5 (세트)

* 잘못 만들어진 책은 구입처에서 교환해 드립니다.

세계문학전집 목록

세계문학전집은 계속 간행됩니다.